Andreas Thomsen

Der Bauernhof

make a book

Andreas Thomsen

Der Bauernhof

Vorgestern, gestern und heute

Eine Betrachtung der Entwicklung
in der Landwirtschaft
von 1920 bis heute.

VERLAG make a book

ISBN 978-3-943054-78-1

Osterdeich 52 • 25927 Neukirchen
Tel.: 04664 - 9839902 • Fax: 04664 - 635
E-Mail: mb@make-a-book.de
http://www.make-a-book.de

Gesamtherstellung:	make a book Neukirchen
Umschlagfoto:	(Der alte Hof von Thomas Thomsen, Klixbüll Rückenstadt)
Fotos:	Archiv Andreas Thomsen, Bundesarchiv, Archiv Storm
Umschlaggestaltung und Seitenlayout:	make a book, Neukirchen

Bibliografische Information Der Deutschen Bibliothek
Die Deutsche Bibliothek verzeichnet diese Publikation in der Deutschen Nationalbibliografie; detaillierte bibliografische Daten sind im Internet über http://dnb.de abrufbar.
Bibliographic information published by Die Deutsche Bibliothek
Die Deutsche Bibliothek lists this publication in the Deutsche Nationalbibliografie; detailed bibliographic data are available in the Internet at http://dnb.de

Geleitwort

Klixbüll gehört zu den Dörfern, deren Feldmark sowohl aus Geest- als auch aus Marschland besteht. Seit der Erfindung des Kunstdüngers und der Fortschritte in der Entwässerung näherten sich die Erträge der beiden Bodenarten immer mehr an. Dennoch blieb die Technik der Landbewirtschaftung bis in das 20. Jahrhundert teilweise auf dem Niveau des 18/19 Jahrhunderts. Erst nach dem zweiten Weltkrieg setzten grundlegende Wandlungen ein.

Andreas Thomsen, Klixbülls Altbürgermeister und Bauer im Ruhestand, hat die gravierenden Änderungen im Laufe seines Lebens hautnah erlebt. Waren im Dorfe anfangs noch fast Haus bei Haus landwirtschaftliche Betriebe sichtbar, so hat sich deren Zahl bis heute radikal vermindert, und es steht zu befürchten, dass dieser Rückgang weitergehen wird; trotzdem verringert sich die bearbeitete Fläche, aufs Ganze gesehen, so gut wie nicht. Warum die Entwicklung einen solchen Verlauf genommen hat, stellt Andreas Thomsen auf den folgenden Seiten anschaulich und ohne Scheuklappen dar. Er wagt auch einen Blick in die Zukunft, ohne die Hoffnung für Familienbetriebe ganz aufzugeben. Die moderne Zeit mit der Roboterisierung der Arbeit auf Feld und in Stall, dem Dokumentationsdruck bei der tierischen und pflanzlichen Produktion und der Tendenz zur Anpassung der Verkaufspreise an das Weltmarktniveau nimmt überbordende Formen an, nur teilweise durch aus Steuergeldern erzeugte Ausgleichszahlungen abgeschwächt. Die finanzielle Ausstattung fordert vom Betriebsinhaber ein erhöhtes Risiko und die Bereitschaft zur Selbstausbeutung. Den Weg dorthin, vom – mit heutigen Augen gesehenen- Kleinbauern zur landwirtschaftlichen Produktionsstätte immer größeren Ausmaßes, schildert der Autor, ohne die Zustände zu Beginn des 20 Jahrhunderts als reine Idylle zu zeichnen. Harter körperlicher Arbeit stehen heute seelische Belastungen in einem Maße gegenüber, die so manchen zur Aufgabe des Betriebes gezwungen haben. Dadurch geht so manches elementare Wissen der ehemaligen bäuerlichen Welt verloren. Andreas Thomsen möchte einiges aus der Fülle seiner Erfahrungen der Nachwelt überliefern, die ihm dafür den gebührenden Dank zollen möge.

Im Oktober 2016 *Albert Panten, Niebüll.*

Ich bin 1934 auf unserem Bauernhof geboren und habe also diese Entwicklung zum Teil bewusst miterlebt. Die Zeit vor 1940 wurde mir von meinen Eltern und von meinem Großvater ausgiebig und oft geschildert. Alle waren sie von Jugend an Bauern. Die Entwicklung in dieser Zeit war so drastisch, ja fast unglaublich, wie sie seit Menschengedenken nicht vorgekommen ist. Seit der Römerzeit, also vor 2000 Jahren, bis ins zwanzigste Jahrhundert hinein, war das Pferd das einzige Zugtier in der Landwirtschaft, aber auch im Verkehr. In 2000 Jahren hatte sich daran nichts geändert. Erst gegen Ende des 19ten Jahrhunderts löste der Motor, und damit der Schlepper, das Pferd ab. Zuerst ganz klein, mit 10 PS und Eisenrädern, immerhin zehn Pferdestärken, bis heute mit 200 PS und automatischer Lenkung und Schaltung. Bis dahin wurden alle Arbeiten auf einem Bauernhof, mit Ausnahme der Pferdekraft, von Menschenhand gemacht, Saat und Ernte, Feld- und Stallarbeit.

Diese Entwicklung zu betrachten, mit all ihren Zwischenstationen, ist allemal spannend. Ich will versuchen, sie einigermaßen zutreffend zu schildern. Ich schreibe sie vor allem für meine Kinder, Enkel und Urenkel nieder, damit sie wissen, woher sie kommen. Denn wer seine Eltern und Großeltern nicht kennt, wer nicht weiß, wie sie gelebt und gearbeitet, gelacht und auch gelitten haben, der weiß auch nicht, wer er selber ist. Und wer nicht weiß, wer er selber ist, weiß auch nicht, was er tun soll, wenn es mal darauf ankommt. Darum ist es wichtig, die Vergangenheit zu kennen. So wie es auch der Philosoph, Ortega de Gasset, gesagt hat : »Wer seine Zeit verstehen will, betrachte sie von ferne. Aber wie fern? Sehr einfach, so fern, dass er die Nase der Kleopatra nicht mehr erkennt, also möglichst fern«.

Mein Vater, Thomas Thomsen, kam im November 1918 aus dem ersten Weltkrieg nach Hause. Er war vier Jahre Soldat gewesen, sowohl an der Ost- als auch an der Westfront und hatte die berühmteste Schlacht des ersten Weltkrieges, die Schlacht bei Verdun, mitgemacht. Er kam des nachts zu Fuß vom vier Kilometer entfernten Bahnhof in Niebüll nach Klixbüll, seinem Heimatdorf. Da seine Eltern schon schliefen, legte er sich in die Scheune ins lose geschüttelte Heu und schlief auch sofort ein. Als sein Vater, mein Großvater Claus-Adolf, morgens um 6 Uhr in die Scheune ging, um eine Armvoll Heu für die Kühe zu holen, ragten da zwei Militärstiefel, genannt »Knobelbecher« aus dem Heuhaufen heraus. Er zog ein wenig an den Stiefelspitzen, da sprang mein Vater erschrocken auf und beide fielen sich in die Arme. Sie hatten sich ein Jahr nicht gesehen, so hat es mir mein Vater erzählt. Mein Vater war damals 30 Jahre alt und mein Großvater 65. Nun war er froh, dass sein Sohn wieder zu Hause war und das gesund und unversehrt. Meine Großeltern, Claus-Adolf und Marie, hatten ihren damals 20 ha großen Hof nun vier Jahre alleine bewirtschaften müssen. Im Stall standen 6 Milchkühe, 16 Stück Jungvieh, 2 Pferde und 3 Ferkelsäue. Die Rinder gehörten alle der Rasse »Shorthorn« an, eine englische Fleischrasse mit eher geringer Milchleistung. Die Pferde gehörten zur Rasse der »Schleswiger«, es waren schwere Arbeitspferde. Welcher Rasse die drei Ferkelsäue angehörten, weiß ich heute nicht mehr so genau, wahrscheinlich zur Rasse des veredelten deutschen Landschweins. Zum Hof gehörten auch noch um die 40 Legehennen und 8 Schafe. Die Schafe standen aber nicht im Stall, sondern liefen ganzjährig auf der Weide. Das war der damals übliche Tierbestand der Bauernhöfe, vom Pferd über das Rind, dem Schwein, das Schaf und die Hühner.

Die Kühe hatten, wie gesagt, nur eine geringe Milchleistung. Mein Großvater sprach immer von 2000 bis 2500 Liter im Jahr. Eine Milchmengen-Kontrolle, wie heute, gab es damals noch nicht. Auch wurde die Milch nur nach Litern bezahlt, der Fett- und Eiweißgehalt wurde gar nicht festgestellt. Heute beträgt die Durchschnittsleistung der Kühe, je nach der Rasse, 7000 bis 10 000 Liter und die Bezahlung erfolgt sowohl nach Litern als auch nach dem Fett- und Eiweißgehalt.

Die Bauern legten damals keinen sehr großen Wert auf Milchleistung, die Fleischleistung der Shorthornochsen war ihnen wohl wichtiger. Wenn in der Familie ein Fest gefeiert wurde, wie zum Beispiel Geburtstag, dann waren viele Nachbarn und Verwandte eingeladen, zum Bratenessen, auch Bratengast genannt. Die Unterhaltung der Gäste untereinander wurde ausschließlich auf Plattdänisch geführt, dies war in den Zwanziger und Dreißiger Jahren im Schleswiger Land, vor allem in Grenznähe, so üblich. Erst mit dem Ankommen der Heimatvertriebenen im Jahre 1945 änderten sich die Sprachgewohnheiten, natürlich zwangsläufig. Mein Vater sagte mir einmal, »als ich zur Schule ging, das war von 1895 bis 1904, ging die Unterhaltung auf dem Schulhof nur in Plattdänisch vor sich«. In meiner Schulzeit, von 1940 bis 1950, sprachen wir nur Plattdeutsch. Wenn ich heute auf den Schulhof gehe, höre ich nur Hochdeutsch. So hat sich die Umgangssprache bei uns verändert. Allerdings gibt es auch Gegenden, besonders auf der Geest, wo das Plattdeutsche immer noch intensiv gepflegt wird.

Nun zurück zum Geburtstagsessen, dem Bratengast. Nach dem Essen ging es regelmäßig in den Stall, denn die Gäste waren, mit einigen Ausnahmen, alle Bauern. Zuerst wurden die Pferde begutachtet, man sagte auch »gemünstert« dazu.

Dann kamen die Ochsen an die Reihe. Diese waren extra fein geputzt worden, wie die Pferde auch, man nannte es

Die Schleswiger Stute mit Fohlen

»Striegeln«. Zuletzt tat man noch einen kurzen Blick auf die Kühe, diese aber waren nicht so wichtig; so ändern sich die Zeiten, die Werte und die Gewohnheiten. Denn heute geht man mit den Gästen nicht mehr in den Stall, alleine schon des Stallgeruchs wegen nicht, denn das lässt die Hausfrau gar nicht zu . Auch stehen die Kühe heute im Mittelpunkt des Rindviehbestandes und nicht mehr die Ochsen. Leider befinden wir uns aktuell in einer tiefen Preiskrise bei der Milch, und dies schon seit der Abschaffung der Milchquotenregelung vor eineinhalb Jahren. Man kann nur hoffen, dass die Politiker so klug sind, erneut eine Milchmengenbegrenzung einzuführen, ohne die es keine stabilen Milchpreise geben wird.

Meine Eltern heirateten 1920 und übernahmen den Hof in Klixbüll- Rückenstadt. Sie hatten neben ihren 6 Kühen auch 8 Ochsen, die sie im Frühjahr stets an den Viehhändler Luis Jakobs aus Husum verkauften. Dieser kaufte sie im Auftrage von Gräsern in Eiderstedt. Gräser sind Bauern, welche Magerochsen auf ihren Dauerweiden fett gräsen. Unsere Magerochsen waren einjährig und wogen etwa 800 Pfund. Damals sagte man eben Pfund und nicht Kilo. Da meine Eltern nur 6 Kühe hatten, gab es ungefähr 3 Bullenkälber im Jahr. Also kauften sie 5 Bullenkälber hinzu. Diese Kälber kauften sie meistens bei den Handwerkern, Kaufleuten oder Arbeitern im Dorf. Es war damals üblich, dass die Leute in diesen Berufen meistens eine oder zwei Kühe hielten, um Milch und Butter für die Familie zu haben. Die Kälber verkauften sie dann an die Bauern. Nun fragt man sich, warum ein Handwerker sich die Mühe macht, neben seinem Beruf noch zwei Kühe zu melken und zu füttern. Auch gab es seit 1890 schon eine Meierei im Dorf, wo man Milch und Butter holen konnte. Diese Meierei fusionierte im Jahre 1975 mit der der Adelbyer

Meierei in Flensburg. Damit ging eine 85 jährige Tradition zu Ende, die das Dorfleben geprägt hatte. Eine Erklärung ist, dass sie meistens ein- oder zwei Hektar Land besaßen, auch noch unmittelbar hinter ihrem Haus. Außerdem war in der Regel ein Stall vorhanden, in dem einige Hühner und ein Schlachtschwein gehalten wurden. Man legte eben Wert auf Selbstversorgung und das aus Tradition. Diese Tradition hielt sich noch bis nach dem zweiten Weltkrieg, denn Nahrungsmittel waren bis dahin immer knapp. Erst mit der technischen Revolution in der Landwirtschaft, etwa ab Mitte der 50er Jahre, wurden die Nahrungsmittel immer reichlicher.

Gegen Ende des zweiten Weltkrieges und in den Mangeljahren danach, etwa bis zur Währungsreform 1948, waren die Menschen froh, in Sachen Nahrungsmittel Selbstversorger zu sein, so hatten sie wenigstens genug zu essen. Damals kamen die Menschen aus der Groß-

Der Hühnerhof

Zurück vom Melken

Die Hausschlachtung

stadt in Scharen aufs Land, um bei den Bauern im Tauschhandel Lebensmittel zu bekommen. Die Familien aus der Stadt hatten schon bald ihre bestimmten Bauernhöfe, zu denen sie im Rhythmus von zwei Wochen immer wieder kamen. Sie kamen mit LKWs, auf deren Ladeflächen Sitzbänke aufgestellt waren, denn Busse oder Eisenbahnen fuhren noch nicht. Es ging damals das böse Wort vom Perserteppich im Kuhstall um. Dieses sollte heißen, die Bauern hätten sich an der Not der Städter bereichert, was natürlich nicht stimmte. Es mag vielleicht Fälle gegeben haben, wo es vorgekommen ist. Aber Tatsache ist auch, dass es den Menschen wesentlich schlechter ergangen wäre, wenn es damals keine Bauern gegeben hätte auf dem Land. Dieses sage ich unseren Politikern immer wieder, wenn es um Hilfen für die bäuerlichen Familienbetriebe geht, die in der freien Marktwirtschaft einen schweren Stand haben. Der bäuerliche Familienbetrieb ist immer noch der beste Garant für eine gesicherte und gesunde Ernährung unseres Volkes und die Erhaltung einer intakten Umwelt.

Aber nun zurück zu den zwanziger Jahren. Der Arbeitsablauf auf einem 20- ha Hof, damals noch eine Vollerwerbsstelle, lief folgendermaßen ab. Um 6 Uhr wurden die Kühe gemolken. Bauer und Bäuerin melkten beide mit der Hand, eine Melkmaschine gab es noch nicht. Die Melkzeit dauerte etwa eine Stunde. Wer einmal eine Kuh mit der Hand gemolken hat, weiß das. Manche Kühe ließen sich schwer melken, dabei musste viel Fingerkraft aufgewendet werden. Im Sommer »standen« die Kühe auf der Weide, wie man sagte, dann wurde draußen gemolken. Man zog den Handwagen, den »Melkwagen« mit den Milchkannen zur Weide. Die Kühe wurden aus der Fläche zum Tor getrieben und dort angebunden. Die älteren Kühe brauchte man nicht festbinden, sie standen auf Kommando still und ließen sich gerne melken, sie bekamen als Lohn auch immer ihre Streicheleinheiten, es bestand noch eine Art von Beziehung zwischen Mensch und Tier. Ein Erlebnis, das meine große Schwester Agnes einmal beim Melken hatte, will ich hier erzählen. Meine Schwester war allein zu Hause, ihre Eltern waren auf einem Geburtstag zum Kaffee. Da kam die Melkzeit heran und es regnete in Stömen. Es war Sommer und trotz des Regens schön warm. Da hatte sie eine tolle Idee. Sie zog ihren Badeanzug an, nahm den Handwagen und zog so zum Melken. Da es August war, standen von den 6 Kühen schon zwei trocken, das heißt, sie waren hochtragend und wurden nicht mehr gemolken. Die zu melkenden 4 Kühe konnte sie mit aller Anstrengung schaffen, obwohl sie erst 15 Jahre alt war. Diese Episode vom Melken im Badeanzug hat sie mir ganz stolz erzählt. Nach dem Melken, ob auf dem Feld oder im Stall, ging man in die Küche zum »Kaffeetrinken«. Wir sagten nicht »Frühstück«, sondern »Kaffeetrinken«. Danach kümmerte sich der Bauer um das Rindvieh und die Pferde, die Bäuerin versorgte die Schweine und das Geflügel. Erst danach kam die Hausarbeit dran. Aber auch der Garten musste gepflegt werden, denn dieser war meistens groß. Außer den Blumen wurden alle Gemüsesorten angebaut, die in der Küche gebraucht wurden. Als wir mit Feriengästen auf dem Bauernhof anfingen, ging meine Frau mit den Kindern der Gäste, die aus einer Großstadt kamen, in den Garten und zeigte ihnen, wo die Wurzeln, Erbsen und Radieschen wuchsen.

Viele von ihnen wussten noch nicht, dass all diese leckeren Sachen aus der Erde kamen. Sie waren so begeistert von all den neuen Erlebnissen und Erkenntnissen, dass sie viel lieber mit uns »zu Felde« fuhren, als dass sie mit den Eltern an den Strand zum Baden fuhren. Manchmal fuhren unsere Kinder dann mit den Gästen zum Baden.

Wie gesagt, der Garten gab alles her, was zum Leben gebraucht wurde. Aber er hatte auch einen Rasen. Dieser wurde regelmäßig alle drei Wochen mit der Sense gemäht, denn einen Rasenmäher kannte man noch nicht. Jedenfalls besaßen wir keinen und mein Vater war allem Modernen aufgeschlossen, also gab es ihn noch nicht. Das Gras, welches nach drei Wochen schon schön lang war, bekamen meine Kaninchen. Ich habe es trocknen lassen, damit es zu Heu wurde. Im Wagenschuppen hatte ich eine Ecke für mich, dort standen meine Kaninchenkasten, dort lagerte auch mein Heu. Eines nachts zog ein Gewitter auf und mein Vater wachte vom Donner auf. Als die ersten Regentropfen gegen die Fensterscheiben klopften, stand er auf und trug die kleinen Heuhaufen in den Schuppen, damit sie nicht nass wurden. Dabei wurde er selber durch nass. Wie besorgt mein Vater um mein Glück war, ist mir damals im Alter von zehn Jahren wahrscheinlich noch gar nicht bewusst gewesen. Erst viel später, als Erwachsener, habe ich aber oft darüber nachgedacht.

Aber nicht nur der Garten, auch der Hof erzeugte alles, was zum Leben gebraucht wurde. Meine Mutter brachte das Roggenmehl, welches wir bei unserem Müller im Dorf mahlen ließen, zum Bäcker, um daraus Brot backen zu lassen. Der Backlohn betrug 30 Pfennig. Aus einem Zentner, (50 kg), wurden 30 Brote gebacken. Meine Mutter kaufte dann noch 8 Weißbrote dazu, so dass der Vorrat einen Monat reichte. Zum Kaffee gab es immer nur ein Stück Weißbrot, genannt »Kuchen«, mehr nicht, vom Brot durfte man sich satt essen. Der ganze Brotvorrat lagerte im Keller, zugedeckt mit feuchten Handtüchern. Immer wenn der Monat zu Ende war und es frisches Brot gab, »hauten« wir ordentlich rein und freuten uns schon lange vorher darauf. In einigen Bauernfamilien wurde auch selbst Brot gebacken. Dafür gab es im Garten ein sog. »Backhaus«. Es hatte einen steinernen Backofen, der schon frühmorgens mit Holz und Torf angeheizt wurde. Gegen Mittag wurde dann das Feuer aus dem Ofen entfernt und der Brotteig hineingeschoben. Die Hitze hielt sich über mehrere Stunden, so dass etwa 30 Brote gebacken werden konnten. Außer dem Backhaus gab es auch ein Torfhaus, in dem der Torf aufbewahrt wurde. Der Torf war das hauptsächliche Brennmaterial jedes Bauernhofes. Er wurde gewonnen auf den ausgedehnten Moorflächen der Schleswigschen Geest. Auch unser Hof hatte ein »Torfhaus«, das jeden Herbst gefüllt wurde. Die Bauern holten den Torf mit dem eigenen Fuhrwerk, denn den Lastwagen gab es noch nicht. Mein Großvater hat viele Jahre für die Bauern im Dorf den Torf geholt mit seinem Pferdefuhrwerk. Er bekam für eine Fuhre, die er im 10 km entfernten Dorf Ladelund holte, 10 Reichsmark. So verdiente er sich etwas hinzu. Auf jedem Bauernhof gab es auch neben dem Küchenherd den lägenderen »Torfkasten«. Die erste Arbeit meines Vaters nach dem morgendlichen Kaffeetrinken war das Auffüllen dieses Torfkastens. Diese Art des Kochens und Heizens hielt sich bis in die sechziger

Jahre des 20 sten Jahrhunderts .Neben dem Torfkasten stand die sog. »Wasserbank«. Auf dieser stand der Wassereimer, aus dem die Hausfrau das Wasser nahm, um zu kochen, feudeln etc.. Dann kam der sog. Paküherd in der Bauernküche in Mode. Es war ein Herd, der mit Kooks und Briketts befeuert wurde. Gleichzeitig war er auch der Herd für die Zentralheizung, die ebenfalls nach dem zweiten Weltkrieg auf den Höfen Einzug hielt. Der neumodische Küchenherd, oder Paküherd, war sowohl fürs Kochen, als auch für die Warmwasserheizung zu verwenden. Die Brennkammer hatte nämlich einen verstellbaren Boden. Zum Kochen wurde der Boden nach oben gestellt, so dass die Flamme den Kochtopf erreichte. In der ganzen übrigen Tageszeit war der Boden unten und beheizte die Wände der Brennkammer für die Warmwasserbereitung. Diese Art zu heizen war eigentlich ideal, so fanden wir. Mit dem Verschwinden des alten, steinernen Küchenherdes und des Kachelofens , endete auch die Verwendung des Torfes als Brennmaterial. Damit verschwand der obligatorische Torfkasten aus der Bauernküche. Meine Frau hat noch als Kind gleich nach dem zweiten Weltkrieg beim Torfherstellen im Moor bei Jardelund mitgeholfen. Damals spielte die Torfgewinnung bei den Bauern auf der Geest eine bedeutende Rolle. Mancher Bauer besaß eigene Moorflächen, andere hatten etwas Moor gepachtet. Es gab drei Arten der Torfherstellung , je nachdem, um welches Moor es sich handelte, denn es gab das Niederungsmoor und das Hochmoor. Einmal das Moorteufeln, dann das Moorstreichen, beides im Niederungsmoor, und drittens das Moorgraben im Hochmoor. Das Teufeln geschah mit einem Eisenbehälter, welcher in die Moorerde eingedrückt wurde. Es war eine Art von Kasten, mit einem offenen Boden. War der Kasten voll, wurde der Boden mittels einer Klappe verschlossen. Nun zog man den Behälter aus dem Boden und kippte die Moorerde auf ein breites Brett, das sog. Moorbrett. Vor das Brett war ein Pferd gespannt, mit dem das Moor auf eine trockene Fläche gezogen wurde. Hier wurde der Torf in Stücke geschnitten und zum Trocknen ausgelegt. Nach einer Woche, so erzählten mir die Praktiker, wurde »gerimmelt«. Das heißt, der halb trokene Torf wurde zu kleinen Häufchen aufgesetzt, um noch einige Wochen nachzutrocknen. Alles war schwere körperliche Arbeit , aber die beste Möglichkeit, das Haus zu heizen. Die Methode des Torfstreichens funktionierte folgendermaßen: Der weiche Moorboden wurde in ein Vierkant aus Brettern geschüttet. In diesem Vierkant ließ man zwei Pferde in die Runde laufen, um die Masse zu Brei zu trampeln. Nach Bedarf tat man Wasser hinzu. Danach schaufelte man die streichfähige Moormasse in einen Rahmen mit Fächern, deren Größe den gewünschten Moorstücken entsprach und strich mit der Schaufel darüber. Daher die Bezeichnung »Streichmoor«. Die dritte Methode der Torfherstellung war das Torfgraben auf dem Hochmoor. Hier war das Grundwasser sehr tief, sodass die Moorerde schon fast trocken war und man mit dem Spaten graben konnte, also Grabmoor. So ein Tag im Moor war schwere Arbeit und der Tag war lang, denn es sollte ordentlich was geschafft werden. Man nahm Essen für den ganzen Tag mit, meistens Buchweizengrütze mit Braunbier. Das Bier braute der Bierbrauer im Dorf, oder im Nachbardorf. Jedenfalls gab es in Klixbüll einen Bierbrauer, der fuhr jede Woche mit dem Pferdegespann von

Haus zu Haus und bot sein Bier an. Die Tradition der Torfgewinnung endete in den 50er Jahren, als das Heizöl aufkam. Später wurden die Moorflächen in Naturschutzgebiete überführt. So wurde das Jardelunder Moor im Jahre 1984 zum Naturschutzgebiet erklärt.

Im Frühjahr, das heißt im März, begann die »Frühjahrsarbeit« mit dem Ausfahren des Stalldungs, wir sagten »Mistfahren« dazu. Dies war die schwerste Arbeit des ganzen Jahres, denn der Stallmist wurde »von Hand« mit der Mistforke aufgeladen. Man rechnete mit einem Wagen voll je Stück Großvieh, das heißt, je ausgewachsenes Rind, Pferd oder zwei Ferkelsauen. Nach dem Viehbestand auf unserem Hof kamen so 40 bis 50 »Fuder«, das heißt Bauernwagen, im Frühjahr zusammen. Am Tag schaffte ein starker Mann etwa 7 bis 8 solcher Fuder aufzuladen. Mein Vater fuhr dann mit dem voll beladenen Fuder, es war unser »Kastenwagen« zum Feld. Den »Kastenwagen« muss ich etwas erklären. Es ist ein ganz aus Holz gebauter Wagen, nur die Räder und die Achsen sind mit Eisen beschlagen. Die Ladefläche ist ein trichterförmiger Kasten, etwa 4 m lang und im Boden 1 m breit. Die Seitenbretter sind 1m hoch und schräg gestellt. Das Fassungsvermögen beträgt etwa 1 to, also 10 Doppelzentner. Wir hatten 3 solcher Wagen auf dem Hof. Mein Vater fuhr also mit dem voll beladenen Mistwagen zum Feld, während dessen der Knecht einen anderen Wagen belud. Auf dem Hinweg musste er neben dem Wagen hergehen, da er auf dem »Mist« natürlich nicht sitzen konnte. Die Entfernung vom Hof zu unseren Feldern betrug aber auch nur höchstens 2 km, der Hof lag inmitten seiner Felder. Auf dem Feld angekommen, hat er den Mist mit einem sog. »Misthacken« vom Fuder »gezogen«, und zwar immer in kleinen Haufen. Die Haufen legte er im Abstand von etwa 6 Schritten ab, so machten es wohlgemerkt alle Bauern. Danach, wenn das Feld voller kleiner Häufchen war, wurden diese mit der Mistforke auseinander gestreut. Wenn man vor so einem Feld stand, mit unendlich vielen kleinen Häufchen, die ausgestreut werden sollten, konnte man schon mal die Lust an der Landwirtschaft, am »Bauerspielen«, wie wir immer sagten, verlieren. Mir ist es jedenfalls so ergangen und doch bin ich Bauer geworden und geblieben, und zwar mit Leidenschaft. So wie es auch der Klixbüller Philosoph, Dr. Broder Christiansen, (1869 – 1958), einmal formulierte » Wähle deinen Beruf in Richtung deiner größten Leidenschaft. Wer seinen Beruf aus Pflichterfüllung ausübt, der bleibt im Mittelmaß und grau ...«. Heute bestreut man ein Feld von 1 ha. Größe mit dem Trecker und dem Miststreuer in einer Stunde und wird nicht müde dabei, damals benötigten zwei Mann zwei ganze Tag dafür. Wie gesagt, das Mistfahren gehörte zu den schwersten Arbeiten des Jahres. Man war froh, wenn es um halb zehn die streng eingehaltene »Teepause« gab. Ich habe heute noch im Ohr, wenn meine Mutter aus der Stalltür heraus rief: Kommt rein zum Tee. Dann wurde die Forke hingestellt und es gab zwei Scheiben Schwarzbrot mit Spiegelei und dazu Tee. In die letzte Tasse kam dann ein kräftiger Schuss »Geele Köm« hinein. Als meine Frau und ich den Hof übernommen hatten, im Jahre 1960, bestellten wir den landwirtschaftlichen Lohnunternehmer, Hauke Nissen aus dem Gotteskoog, zum Mistfahren. Da gab es schon seit einigen Jahren den Trecker und den Miststreuer, damit entfiel die ganze , schwere Handarbeit.

Allerdings kam hinterher die saftige Rechnung des Lohnunternehmers. Also musste man seinen Betrieb erweitern und mehr erzeugen, um die Rechnung bezahlen zu können. Damit fing, zuerst ganz zaghaft, die Mentalität des »Wachsens oder Weichens« an. Diese Einstellung in vernünftigen, maßvollen Grenzen zu halten, ist die Kunst, die heute gefragt ist. Nur so ist die heutige sog. Milchkrise, welche durch maßlose Überproduktion entstanden ist, zu erklären. Nur die »Maßlosen«, die ihre Kuhbestände übermäßig ausgeweitet haben, geben natürlich dem Exporteinbruch nach Russland die Schuld an der Krise , was aber nicht stimmt. Ich kann nicht immer mehr erzeugen und gleichzeitig nach fairen Preisen schreien, dann wird aus dem »Wachsen oder Weichen« ein »Wachsen und Weichen« werden.

Meine Eltern hatten auf ihrem 30 ha- Hof stets zwei Angestellte. Ein junges Mädchen für Haus und Garten und einen jungen Mann, genannt »Knecht«, für »draußen«. Mit der Bezeichnung »Knecht« war aber nicht der herabwürdigende Begriff von Knechtschaft gemeint, auch nicht von Unterwürfigkeit, sondern eher von Dienerschaft. Man sagte auch meistens, ich habe beim Bauern gedient. Dieser Arbeitskräftebesatz war damals Standard auf einem Bauernhof mittlerer Größe. Beide Angestellten hatten auch in der Regel vollen Familienanschluss. Das heißt, sie wurden in der Familie wie Kinder behandelt und angesehen. Wenn es ein Fest gab, waren sie auch dabei, das war Ehrensache. Die Bauern, die dieses Previleg missachteten, bekamen auch bald keine Angestellten mehr, denn dies sprach sich im Dorf schnell rum. Wenn ein »Knecht« schon lange auf dem Hof war, hatte er auch bald ziemlich freie Hand. Das heißt, er machte seine Arbeiten selbstständig und teilte sie auch selbst ein. Einmal, so erzählte es mir mein Vater, hatte der »Knecht« dem Rindvieh am Heiligen Abend Hafergarben zum Fressen vorgegeben. Hafergarben sind ungedroschen. Normalerweise bekam das Vieh, nach Rüben und Heu, Haferstroh satt, sozusagen als Nachtisch. Auf die Frage meines Vaters, warum er das täte, antwortete er: Das Vieh soll auch merken, dass es heute Weihnachtsabend ist. Er hatte also ein Herz für Tiere. Seither wurden bei uns am Heiligabend Hafergarben gefüttert.

Ich war beim Mistfahren stehen geblieben. Stallmist wurde in der Regel nur zu den Hackfrüchten gegeben, mehr war auch nicht vorhanden. Bei unserem Rindviehbestand benötigten wir 1,5 ha Futterrüben. Dazu kamen 0,5 ha für Speisekartoffeln, für den eigenen Verbrauch und für die Stammkundschaft. Die Kunden meiner Eltern waren Geschäftsleute aus Niebüll, die nicht nur Kartoffeln, sondern auch Milch, Schafskäse und Hühnereier bekamen. Die 1,5 ha Futterrüben reichten aus, um unsere 35 Rinder und 3 Arbeitspferde zu versorgen. Große Viehbestände mit hundert und mehr Milchkühen gab es damals noch nicht. Zum einen hatte man nicht die Flächen dafür, denn jeder bewirtschaftete sein Land selbst. Pachtflächen waren daher selten zu bekommen. Zum anderen war die Technik nicht vorhanden, weil noch nicht erfunden, um viele Kühe melken zu können. Auch wurden die Tiere mit der Schiebkarre entmistet und mit Stroh eingestreut. Diese Handarbeit erlaubte es eben nicht, große Bestände zu halten. Erst mit der Einführung der Melkmaschine, ja des Melkroboters und des Spaltenbodens, auf dem die Tiere gehalten werden, so dass der Kot automatisch in einen Güllekanal gelangt, von dem aus er mit einer Pumpe in einen großen Vorratsbehälter gepumpt wird, wurde es möglich, größere Tierbestände zu halten. Durch die Verbreitung der Technik stieg die Lebensmittelproduktion allmählich immer mehr an, die Folge waren sinkende Erzeugerpreise. Diese Entwicklung war der Grund, dass viele kleinere Höfe aufgeben mussten. Erstens konnten sie sich nicht die teure Technik erlauben und zweitens reichten die Einnahmen, infolge der sinkenden Preise, nicht mehr aus, ihre Familie zu ernähren. Diese Entwicklung nannte man dann das »Gesundschrumpfen der Landwirtschaft«, oder auch Strukturwandel. Wenn früher, etwa vor 50 Jahren, ein 30 ha- Betrieb ausreichte, eine Familie samt Altenteiler, zu ernähren, so sind es heute 100 ha, die dazu benötigt werden. Ein Beispiel ist unser Dorf Klixbüll. Waren es 1960 noch 70 Betriebe, einige im Nebenbetrieb, so sind es heute nur noch 10 Betriebe, die durchgehalten haben. Das sind 15 %, 85 % haben aufgegeben, Landwirtschaft zu betreiben. Nicht anders sieht es aus, wenn man die Strukturveränderung in Deutschland insgesamt betrachtet. Gab es 1960 noch rund 1 Million Betriebe über 5 ha, so gibt es gegenwärtig etwa noch 220 000 solcher Höfe, davon 75000 mit Milchwirtschaft. Ein anderer Grund für die ständig steigende Produktion an Nahrungsmitteln liegt in der Züchtung, der Düngung und der modernen Unkrautbekämpfung.

Aber nun zurück zum Bauernhof von vorgestern. Nachdem der Stallmist ausgestreut war, wurde er mit dem Doppelschaarpflug untergepflügt. Dieser kam etwa um

1930 in Mode und wurde von 3 Pferden gezogen. Das war schon ein großer Fortschritt. Das Gleiche galt für den Elektromotor, auch der kam auf dem Bauernhof vermehrt zum Einsatz. In Klixbüll wurde im Jahre 1922 der Strom eingeführt, allerdings zunächst nur an der Hauptstraße. Die Außenbereiche wurden erst viel später angeschlossen und mussten auch noch viel dazu bezahlen. Nun brauchte man den Rübenschneider nicht mehr mit der Hand zu drehen, nun bekam der einen Motor, sogar mit Reinigung. Auf dem Acker gab es noch eine neue Erfindung. Das war der Häufelpflug. Dieser hatte zu beiden Seiten ein Streichblech und machte beim Einsatz Rillen und Dämme. In die Rillen legte man dann die Pflanzkartoffeln. Beim Kartoffelpflanzen mussten alle helfen, auch wir Kinder. Die Erwachsenen hatten einen Sack voller Kartoffeln vor der Brust hängen, die Kinder einen kleinen Eimer. Man warf die Kartoffel vor sich in die Rille und trat sie mit dem Fuß fest. Mit jedem Schritt wurde eine gepflanzt. Am Abend war dann das Feld bestellt, man war müde, aber auch stolz und froh. Dann gab es zum Abendbrot Grießgrütze mit heißem Fliederbeersaft, herrlich, solche Tage vergisst man nie.

Auch das Hafersäen war Frühjahrsarbeit, Hafer ist Sommergetreide. Der Hafer war damals in der nordfriesischen Marsch die hauptsächliche Getreidefrucht. Den Hafer benötigte man für die Rinder und die Pferde. Ein Hof mit 40 Rindern und 3 Pferden benötigte ungefähr 8 ha Hafer. Im April wurde mit dem einschaarigen Pflug der schwere Marschboden gepflügt. Wir hatten 6 Marschfennen. Bei dreien mussten wir vom Feldweg über eine fremde Fenne fahren, um zu unserer Fläche zu gelangen, man hatte ein sog. »Überwegungsrecht«. Damals hatten nicht alle »Fennen« einen Anschluss an einen Feldweg. Erst mit der Flurbereinigung, im staatlichen »Programm Nord«, bekamen durch die Landumlegung alle einen Wegeanschluss. Das war 1958-1960. War der Acker gepflügt, nahm mein Vater den berühmten Säsack auf die Schulter und streute mit einer Hand den Saathafer über der rohen Pflugfurche aus, denn eine Drillmaschine gab es noch nicht. Das Säen mit der Hand war eine besondere Kunst, die lange geübt werden musste. Man schritt mit kurzen Schritten über das Feld und warf mit jedem zweiten Schritt, immer rechts, in weitem Bogen die Körner aus. Dabei kam es darauf an, dass die Wurfweite immer gleich war, ebenfalls die Körnermenge in der Hand. Wie gesagt, jeder Lehrling lernte das so lange, bis er es gut konnte, denn von der Gleichmäßigkeit der Saat hing der Ernteertrag ab. Nach der Saat wurde mit der »Federzahnegge« die Saat eingeeggt. Vorher wurde aber auch noch ein wenig »Kunstdünger« ausgestreut, ebenfalls mit der Hand. Die Bauern benutzten damals den gängigen »Kunstdünger« 3x9, so hieß er. Das bedeutete, dass von den drei Hauptnährstoffen, Stickstoff, Phosphor und Kali, je 9% im Dünger vorhanden waren. Das war die einzige Düngung, welche gegeben wurde. Der Agrarwissenschaftler, Justus v. Liebig (1803-1873), der weltberühmte Darmstädter Chemiker, formulierte es damals so: Die Düngung hat bewirkt, das dort, wo früher ein Halm wuchs, heute deren zweie wachsen. Diesen Ausspruch tat er vor gut 200 Jahren. Wenn er gewusst hätte, wie sich die Düngung bis in unsere Zeit ausgewirkt hat, hätte er es wohl nicht für möglich gehalten. Damals betrug der Weizenertrag in Deutschland ganze

13,3 dz je ha, 100 Jahre später, 1903, betrug er immerhin schon 26 dz je ha, also wo vorher ein Halm wuchs, wuchsen zwei. Heute liegt der Durchschnittsertrag schon bei 75 dz, also dreimal soviel wie vor hundert Jahren. Natürlich hat die Züchtung und die chemische Unkrautbekämpfung auch dazu beigetragen, dass die Erträge so enorm gesteigert wurden.

Aber zurück zur sog. »Frühjahrsarbeit«. Nach der Hafersaat und dem Kartoffelpflanzen kam das »Ricken«. Das heißt, das Reparieren der Weideeinzäunung, wir sagten aber »Ricken« dazu. Der Weideaustrieb der Tiere stand bevor. Die Zäune waren über Winter schlaff geworden und mussten nachgezogen werden. Abgebrochene Pfähle neu ersetzt werden. Das alte Sprichwort, dass, wer Vieh hält, muss Vieh hüten, gilt bis heute. Allerdings werden heutzutage nur noch wenige Tiere auf die Weide gelassen. Die Rinder, vor allem die Kühe, bleiben ganzjährig im Stall und bekommen Grassilage zu fressen. Dies verstößt im Grunde gegen eine artgerechte Haltung. Außerdem enthält die Mich von Kühen, die im Sommer auf der Weide sind, mehr Vitamin D , da die intensive Sonneneinstrahlung das Vitamin unter der Kuhhaut anreichert. Diese Anreicherung hält das ganze Jahr vor. Aber da die ganzjährige Stallhaltung nicht verboten ist, unterlassen viele Betriebe den Weidegang wegen der Arbeitsersparnis und der Flächeneinsparung. Das Viehtreiben auf den Straßen war damals natürlich auch gebräuchlich, denn es kamen ja kaum Autos vorbei. In Klixbüll wurde im Jahre 1920 das erste Verkehrsschild aufgebaut, 15 km Höchstgeschwindigkeit wurde angezeigt. Es kam nämlich vor, das einmal am Tag ein Auto durch das Dorf fuhr. Also konnte man seine

Kühe und Jungvieh auch auf entferntere Weiden treiben. Erst später, als der Verkehr zunahm, haben wir das Vieh frühmorgens um 5 Uhr zum Feld getrieben, bevor der rege Autoverkehr begann. Heute ist es nicht mehr möglich auf der Straße ein Rudel Vieh zu treiben.

In den 50 er Jahren begann der Einsatz von chemischen Pflanzenschutzmitteln. Zunächst mit einer pferdebespannten Feldspritze. Diese hatte auch nur eine geringe Sprühbreite. Dann kam der Schlepper davor und heute gibt es schon die selbstfahrende Spritze mit einer Arbeitsbreite bis zu 24 Metern. Man vernichtet nicht nur das Unkraut mit der Spritzung, sondern bekämpft auch Schädlinge, die den Ertrag mindern können. Früher wurde das Unkraut mit einer leichten Egge, einer Saategge, im Getreide bekämpft, jedoch nur mit mäßigem Erfolg. Erst durch die chemischen Mittel erreichte man ein nahezu unkrautfreies Getreidefeld. Das Unkraut in den Hackfrüchten musste mit dem Hacker, der in die Hand genommen wurde, bekämpft werden. Daher auch der Name »Hackfrüchte«. Das war eine mühsame und zeitraubende Arbeit. Heute werden auch die Kartoffeln und Rüben mit der Feldspritze vom Unkraut befreit. Natürlich werden diese Mittel streng auf ihre Verträglichkeit für den Menschen geprüft, bevor sie zugelassen werden. Auch muss der Bauer, bevor er eine Feldspritze bedienen darf, einen Befähigungsnachweis erbringen. Das heißt, er muss einen Lehrgang absolviert haben, bei dem er die Wirkungsweise der einzelnen Mittel und deren Dosierung erlernt. Auch muss die Feldspritze jährlich zum T. Ü. V., der die Ordnungsmäßigkeit überprüft. Es wird also auf eine große Sorgfalt im Umgang mit den chemischen Mitteln geachtet. Auch werden alle Lebensmittel auf Spuren von solchen Pflanzenschutzmitteln überprüft.

Ich war beim Weideauftrieb der Rinder stehengeblieben. Es wurden drei ausgewachsene Rinder je ha Weide aufgetrieben, waren sie kleiner, entsprechend mehr. Ein ausgewachsenes Rind konnte bei guter Weide 3 bis 4 Zentner Gewicht über den Sommer zunehmen. Da die Weiden manchmal weitab des Hofes lagen, wurde früher, als es noch keine Autos gab, ein sog. »Wahrmann« für die Aufsicht bestellt. Diese Bezeichnung kommt von Wahrnehmen, also beobachten. Es war meistens ein Bauer mit einem kleinen Hof, der sich etwas dazu verdienen musste. Dieser machte jeden Morgen seine Runden zu Fuß über die Felder. Er zählte das Vieh und achtete darauf, ob es doch nicht krank war. Auch füllte er die Wassertonne aus dem Brunnen mit Wasser auf, man sagte dazu, »Wasser aufschlagen«. Damals kannte man noch nicht die »Weidepumpe«, mit der das Vieh heute selbst das Wasser aus dem Brunnen, oder der Kuhle, herauf pumpen kann. War ein Tier krank, oder der Brunnen leer, sagte der Wahrmann dem Bauern Bescheid. Dafür bekam er einen Lohn, den er nach seinem Zeitaufwand berechnete. Es war für ihn während der Sommermonate ein guter Zuverdienst. Da er immer quer über die Felder ging, musste er auch viele Wassergräben überspringen. Dazu benutzte er den sog. »Springstock«. Es war ein etwa 3m langer Stock mit einem Fuß am unteren Ende. Diesen setzte er in den Graben und hangelte sich mit einem Schwung rüber zur anderen Grabenseite. Es war etwa zu vergleichen mit dem Stab der Sportler beim Stabhochsprung. Unser Nachbar, Emil Hoeg, war viele Jahre unser »Wahrmann«. Viele

Jahre lang hing der »Springstock« bei ihm an der Hauswand, es war fast wie sein Wahrzeichen. Erst mit der Flurbereinigung des Programm Nord, Ende der 50ger Jahre, endete die Tradition des »Wahrmannes«. Da wurden alle Feldwege asphaltiert und die Bauern konnten mit dem Auto zu ihren Feldern fahren. Jene Tradition muss lange bestanden haben, denn schon mein Großvater hat mir davon erzählt.

Eine besondere Arbeit auf dem Hof war früher das Waschen der Schafe. Fast jeder Betrieb hatte Schafe und Lämmer. Damit man die Schafe überhaupt scheren konnte, mussten sie vorher gründlich gewaschen werden. Dies passierte immer Mitte Mai, wenn die Witterung warm wurde. Das

Fast jeder Betrieb hatte Schafe und Lämmer

Waschen ging folgendermaßen vor sich: Es wurden vier Personen gebraucht. Zwei Mann packten das Schaf in der Wolle und stellten es in eine Wanne mit Wasser, daher stammt auch das Sprichwort, wenn zwei sich prügelten , sie hatten sich »in der Wolle«. Da es natürlich zappelte und strampelte, war es für die Männer eine nasse Angelegenheit. Eine dritte Person schüttete langsam lauwarmes Seifenwasser auf den Rücken des Schafes. Währenddessen knetete und wusch eine vierte Person die Wolle .Die Schafe standen dann meistens ganz still und ließen es sich gefallen, es tat ihnen wahrscheinlich gut. Es wurde streng darauf geachtet, dass kein Wasser in die Ohren des Schafes gelangte, denn das konnte für das Schaf tödlich sein, so wurde jedenfalls immer gesagt. Nach dem Waschen kamen die Tiere wieder auf die Weide. Nach einer Woche war die Wolle trocken, so dass geschoren werden konnte. Man trieb sie wieder auf dem Hofplatz zusammen, wo man ein Gatter vorbereitet hatte. Auf dem Hof war dann immer ein lautes Geblöcke zu hören. Geschoren wurde mit der speziellen Schafschere. Dabei wurde das Schaf an den Beinen gefesselt und auf die Seite gelegt. Eine Person hielt den Kopf, während die andere »klippte«, so sagte man dazu. Das Scheren war wirklich eine Kunst, lange nicht jeder konnte ein Schaf scheren. Mein Vater konnte es perfekt, er schaffte 3 Schafe in der Stunde. In manchen Dörfern gab es einen »Schafscherer«, der ging dann von Hof zu Hof. Nach der Schur wurde die Wolle verkauft. Bei uns zu Hause, so erinnere ich mich, kam ein Vertreter von einer Weberei aus Meldorf in Dithmarschen, der die Wolle kaufte. Zu welchem Preis kann ich mich allerdings nicht mehr erinnern, aber ich weiß, dass es ein lohnender Betriebszweig war.

Die Lämmer blieben nach der Schur noch eine Weile bei der Mutter und wurden dann verkauft. Dann begann das Melken der Schafe. Diese Arbeit kam meistens der Bäuerin zu. Man band die Tiere am Hecktor an und zwar immer zu zweit, denn sie waren ja zusammen gekoppelt. Das gekoppelt sein muss ich erklären. Es gab den sog. »Koppelstock«. Das war eine fingerdicke Eisenstange mit einer Öse an jedem Ende. An dieser war ein sog. »Schafsklagen« befestigt, den das Schaf um den Hals bekam. Der »Schafsklagen« war auch eine Besonderheit, ein Begriff, den nur ein Schafhalter kennt. Es handelt sich hierbei um einen hölzernen Ring, den man mit einem Verschluss öffnen und schließen konnte. Diesen hölzernen Ring, »Schafsklagen« genannt, bekamen die Schafe um den Hals, an den man dann den »Koppelstock« mit einem Scharnier befestigte. Man koppelte sie deshalb zusammen, weil Schafe gerne ausreißen, (streunen) und darum schwer auf der Weide zu halten sind. Frau Christel Ehlert hat einen Roman geschrieben, der sie bekannt gemacht hat. Der Titel heißt: »Wolle von den Zäunen«. Der Titel spielt auf die Schafwolle an, welche die Frau Ehlert als Flüchtling , nach dem Krieg 1945, von den Stacheldrahtzäunen gepflückt hat, um für ihre Familie Kleidung zu stricken. Der Roman handelt also vom schweren Schicksal der Heimatvertriebenen, die alles, was sie besaßen, verloren hatten.

Aber zurück zum Schafe melken. Diese wurden nicht, wie die Kühe, seitlich, sondern von hinten gemolken. Dabei musste die Melkerin ihre Stirn gegen den Schwanz des Schafes drücken, damit dieser nicht ständig in ihrem Gesicht wedelte. Sie hatten auch nicht 4 Zitzen, wie die Kühe, sondern nur zwei. Auch floss die Milch nicht gleichmäßig, wie bei Kühen, sondern mit Unterbrechungen.

Von Zeit zu Zeit musste die Melkerin mit den Fäusten das Euter bearbeiten, damit die Milch wieder floss. Man konnte es gut beobachten, wenn die Lämmer bei der Mutter säugten. Auch diese stießen mit der Stirn heftig gegen das Euter, damit sie Milch bekamen und die Mutter ließ es sich ruhig gefallen. Die Natur hatte es ihnen wohl mitgegeben.

Von der Milch machte meine Mutter dann den Schafskäse. Nach dem Melken stellte sie einen Kochtopf mit der Milch auf den Herd und erhitzte sie auf genau auf 28 Grad. Dann tat sie Käselab hinzu, den sie in der Apotheke bekam. Danach musste die Milch so lange abkühlen, bis sie fest wurde, so dass man sie schneiden konnte. Nun wurde die »Molke«, das heißt die Flüssigkeit, abgegossen und die Käsemasse in ein Leinentuch gewickelt. Das Tuch mit der Käsemasse kam sodann in den »Käsekasten«, einem gelöcherten Kasten aus Holz, der etwa 2 kg fasste. Der Deckel der kleinen Käseform wurde mit einem Ziegelstein beschwert und blieb so eine Nacht stehen, damit die letzte Molke durch die Löcher auslief. Als kleiner Junge, so entsinne ich es, stand der Käsekasten unter den beiden großen Lindenbäumen hinter unserem Hause, »beim Norden«, wie wir immer sagten. Dort, auf dem kleinen Hofplatz, »beim Norden« wurden auch die Milchkannen gewaschen, dort stand der Schleifstein, mit der Hand zu drehen, dort wuschen sich die Männer, wenn sie aus dem Stall kamen. Es war ein Idyll, » beim Norden« Am nächsten Morgen, wurde der Schafskäse aus der Käseform entnommen und in den sog. »Käsekasten« gelegt. Dieser war an der Hauswand »beim Norden« angebracht, denn dort herrschte ja immer Schatten. Den Käsekasten muss ich auch erklären. Es war ein Kasten mit einem Regal, dessen eine Seite offen war. Die offene Seite war mit Fliegendraht bespannt, damit kein Ungeziefer hinein konnte. In diesem Kasten musste der Schafskäse eine gewisse Zeit ablagern, bevor er zum Gebrauch fertig war. Wie schon gesagt, dieser Käse hatte viele Liebhaber, die wir belieferten. Die Schafhaltung war damals auch ein lohnender Betriebszweig durch den Verkauf von Lämmern, Käse und Wolle.

Eine andere, viel Zeit beanspruchende Frühjahrsarbeit, rankte sich um die Rüben. Im Mai wurden sie gesät, früher ging es nicht, denn sie vertrugen keinen Nachtfrost. Bei der Saat kam wieder der »Häufelpflug« zum Einsatz. Es wurden niedrige Dämme gepflügt, ähnlich wie beim Kartoffelpflanzen. Auf dem Damm wurde dann, mit einer einreihigen, speziellen Sämaschine, der Samen ausgesät. Nach etwa drei Wochen, wenn die Pflanzen aufgelaufen waren und »Reihe halten konnten«, wie man sagte, wurden sie »durchgefahren«. Dies war auch ein spezieller Ausdruck. Es gab nämlich eine einreihige Hackmaschine, ebenso wie die Sämaschine, von einem Pferd gezogen. Mit dieser fuhr man durch die Reihen und hackte mit scharfen Zinken das Unkraut aus, daher die Bezeichnung »durchfahren«. Die alten Bauern sagten auch »rünschen« dazu, man war beim »Rübenrünschen«. Auf beiden Seiten hatte die Maschine eine Scheibe, mit der die Pflanzenreihe geschützt wurde und zugleich sauber abgeschnitten wurde. Ich habe oft als Schuljunge das Pferd geritten beim Rüben rünschen, dann brauchte mein Vater nicht an der langen Leine das Pferd lenken. Das nämlich war auch eine Kunst, die gelernt sein wollte, die Griffe der Hackmaschine zu halten und das Pferd an der Leine zu lenken, beides gleichzeitig. Dann begann das »Rübenhacken«, das heißt, die Pflanzen mussten »vereinzelt« werden. Damit die Rübe genug Platz bekam, um den gewünschten Umfang zu erreichen, mussten die meisten Pflanzen ausgehackt werden, man sagte »ausdünnen« dazu. Der Abstand von Pflanze zu Pflanze sollte gerne 20 cm betragen. Zum Rübenhacken mussten ebenfalls alle mit. Auch der Nachbar und seine Frau halfen. Dafür fuhren wir ihm sein Heu ein, denn er hatte zwei Kühe. Bei dieser Arbeit hatten wir meistens musikalische Begleitung gratis. Über uns trillerten die Lerchen und der Kiebitz rief immerzu kieviiit, kiviiit ... Heute hört man diese Vögel fast nicht mehr, sie sind so gut wie verschwunden. Wenn mich jemand fragt, wieso, so sage ich: Wenn die Wiesen heute dreimal im Sommer gemäht werden, statt wie früher einmal, dann kann kein Wiesenvogel, der Bodenbrüter ist, seine Jungen ausbrüten, dafür bleibt keine Zeit. Früher wurden die Wiesen Anfang Juli das erste und einzige Mal gemäht, heute wird bereits um den 15. Mai herum gemäht, zum zweiten Mal dann Anfang Juli, da bleibt für die Vogelbrut keine Zeit. Aber auch der Anbau von Futterrüben wird fast nicht mehr betrieben. Der Maisanbau hat die Rübe verdrängt und anstatt der Rübenmiete, mit Stroh und Erde abgedeckt, gibt es den Fahrsilo, mit Plastikfolie und alten Autoreifen abgedeckt. So ändern sich die Zeiten und die Wirtschaftsweisen.

Wir kommen nun bald in den Sommer, die Heuernte stand an. Auch hier hat es sich gravierend verändert. Heu wird heute fast gar nicht mehr gemacht, höchstens die Pferde – und Schafhalter werben noch Heu. Das Rindvieh bekommt nur noch Silage, aus Gras oder Mais gewonnen. Früher begann die Heuernte mit der Mahd, Anfang Juli. Zuerst wurden die Messer der pferdegezogenen Mähmaschine zum Schmid gebracht, um die Klingen zu wechseln. Unser Schmied in Klixbüll hieß Karl Paulsen, genannt Kalle Schmitt. Es gab noch einen Schmied im Dorf mit Namen Günter Jürgensen. Beide hatten genug Arbeit, denn beide haben auch die Pferde »beschlagen«, so nannte man den Hufbeschlag. In den Jahren zwischen 1920 und 1950 gab es im Dorf etwa 150 Arbeitspferde, die mindestens zweimal im Jahr beschlagen wurden. Die Schmiede von »Kalle Schmitt« stand in der Krügerstraße, das war die Hauptstraße, die heutige B 5. Gegenüber von der Schmiede befand sich die Tischlerei – Stellmacherei von Hans Johannsen, genannt »Hans Meister«. Der baute auch die Bauernwagen, die »Kastenwagen«. Wenn die hölzernen Wagenräder fertig waren, rollte der Lehrling sie über die Straße zum Schmied, der den Eisenreifen anbrachte. Heute wäre das wegen des starken Autoverkehrs unmöglich, damals aber gab es noch kaum Autos. Fast alle landwirtschaftlichen Geräte , wie Wagen, Schiebkarren, Pflüge und Eggen wurden damals im Dorf hergestellt, bis in die 50er Jahre. Dann begann mit der Industrialisierung das sog. »Wirtschaftswunder« und damit verschwanden nach und nach die Handwerksbetriebe aus den Dörfern und es wurde still im Dorf. Bis dahin, bei gutem Wetter, hörte man weithin den Schmiedehammer auf den Amboss schlagen. Die Tür der Schmiede stand ja immer offen wegen der großen Hitze, die das Schmiedefeuer verbreitete. Natürlich gibt es auch heute noch Handwerk im Dorf, jedoch nicht mehr in so großer Zahl als früher. Einige Handwerker sind auch ganz verschwunden, wie zum Beispiel der Böttcher, der Sattler, der Hausschlachter, der Bierbrauer oder der Klotzenmacher. Alle diese Handwerker gab es einmal in Klixbüll.

Aber nun zurück zur Heuernte. Waren die Messer scharf gemacht, fuhr der Bauer mit dem Pferdegespann vor der Mähmaschine zum Mähen. Die Mähmaschine kam vor dem ersten Weltkrieg in Mode, bis dahin wurde noch mit der Sense gemäht. Mein Großvater erzählte mir davon, wie sie mit 2 Mann einen halben Hektar am Tag mit der Sense gemäht hätten und er war bis 1920 der Bauer auf unserem Hof.

Wenn mein Vater die erste Runde in der Wiese mit dem Grasmäher gemäht hatte, begann der Knecht damit, mit der Sense den Feldrand unter dem Drahtzaun zu mähen, es musste eben alles Gras geerntet werden. Heute werden die Ecken und Kanten nicht mehr gemäht, damit halten die Bauern sich nicht mehr auf. Der Grasmäher funktionierte folgendermaßen: Die beiden Eisenräder trieben bei der Fahrt die Mähmesser an. Sobald die Pferde stehen blieben, stand auch das Messer. Das war das Problem, denn die Messer waren dann verstopft. Es war überhaupt eine schwere Arbeit für die Pferde, besonders wenn das Gras dicht stand.

Nach ca. 2 Tagen, wenn die Schwaden angetrocknet waren, mussten sie gewendet, umgedreht werden. Zum Heukehren, wie es hieß, mussten wieder alle mit. Jeder hatte eine Holzharke in der Hand und wendete damit ein Schwad, alle gingen hintereinander. Den Nachmittagskaffee hatte meine Mutter mit aufs Feld genommen, sodass um 16 Uhr Pause gemacht wurde. Dann saßen wir alle am Grabenrand und ließen unsere Beine baumeln. Die Erwachsenen bekamen Kaffee, wir Kinder Saft. Dabei beobachteten wir die Störche, die uns bei der Arbeit schon gefolgt waren. Unter den Grasschwaden waren nämlich immer Frösche versteckt, für die Störche ein Leckerbissen. Auf diese Weise hat unsere ganze Familie am Nachmittag zwei ha Heuwiese umgedreht. Heute wendet der Bauer alleine mit seinem Trecker und dem zweireihigen Heuwender in einer Stunde diese Fläche, allerdings sieht er auch keinen Storch mehr, denn der ist verschwunden. Desgleichen hat er keine Gesellschaft mehr um sich, er ist mit seiner Maschine allein.

War das Heu dann trocken, wurde »geschwält«, so sagte man dazu. Das hieß, die Schwaden wurden in kleine Wälle zusammengeharkt. Dazu gab es die von einem Pferd gezogene »Harkmaschine«. Dieses zweirädrige Gefährt, welches auch einen Fahrersitz hatte, besaß hinter dem Sitz eine Leiste mit einer Reihe langer Zinken, welche das Heu zusammenharkte. Waren die Zinken voll, konnte man mit einem Hebel die Zinken hochstellen und das Heu blieb in einem Wall liegen. Wenn das ganze Feld »geschwält« war, schob man die Wälle zu großen Haufen zusammen. Diese Haufen nannte man dann Heudiemen. Der Diemen war meistens etwas mehr als mannshoch und oben spitz zulaufend, damit das Regenwasser ablaufen konnte. So einen richtigen Heudiemen zu machen, der auch bei Platzregen trocken blieb, war auch eine Kunst, die gelernt sein wollte.

Nach einer Woche begann dann das Heueinfahren. Der Diemen musste eine Woche draußen stehen, damit er ganz austrocknete. Fuhr man zu früh Heu ein, konnte es passieren, dass die Scheune brannte. Es ist so manche Scheune durch Heuerhitzung abgebrannt. Die Brandversicherung warnte in der Heuzeit damals immer in der Zeitung, mit dem Hinweis, dass ein Heuthermometer beim Bürgermeister zu bekommen sei, wenn ein Brandgeruch in der Scheune wahrgenommen wurde. Auch das Heueinfahren war mit schwerer Arbeit verbunden. Von einem Hektar Wiese erntete man etwa 5 Fuder Heu. Wir hatten 5 Hektar, also waren 25 Fuder einzufahren. Wenn der Wagen beladen war, kam der sog. »Punderbaum« oben auf das Fuder. Es war eine ca. 5 Meter lange, runde Holzstange, ca. 10 cm stark. Diese wurde mit Stricken vorne und hinten am Wagen festgezurrt, sodass die Ladung nicht verrutschen konnte. Daher kommt auch die Bezeichnung »Punderbaum«. Das Wort kommt aus dem Niederdeutschen, wo man für binden auch »pundern« sagte. Wir Kinder fuhren beim Heufahren immer mit. Wenn ein Diemen aufgeladen war und das Gespann zum nächsten Diemen fuhr, war es unsere Aufgabe, die »Diemenstelle« sauber nachzuharken. Auf dem Nachhauseweg, der meistens eine Stunde dauerte, lagen wir Kinder auf dem Fuder und hielten uns am »Punderbaum« fest. Damals, in den 50ger Jahren, begann sich der Ferienverkehr zur Insel Sylt so langsam zu entwickeln. Es kamen schon mehrere Autos, die unseren Heuwagen überholten. Wir Kinder winkten ihnen dann immer fröhlich zu, denn Autos waren damals noch eine Seltenheit.

Zu Hause angekommen, musste abgeladen werden, auch eine schwere Arbeit. Das Heu lagerte bei uns im »Grundfach«, in der Scheune. Grundfach hieß es deshalb, weil es vom Fußboden bis unters Dach reichte, ohne

Zwischendecke. Der Ablader auf dem Fuder hatte es besonders schwer, wenn das Heu mit einer extra langen Forke bis unters Dach gestakt werden musste, und das in der Julihitze. Ab 1958 bekamen wir dann ein sog. »Förder-

Beim Bindern der Pferdebohne

Beim Bindern des Getreides

band«, welches das Erntegut, Heu oder Getreide, nach oben beförderte. Dies Gerät bedeutete für uns alle eine große Arbeitserleichterung.

Beim Spurmähen

Eine andere Arbeitserleichterung bei der Heuernte war die Erfindung der sogenannten »Heupresse« Diese Maschine wurde etwa Anfang der 60 er Jahre bei uns eingeführt. Es war eine vom Schlepper gezogene Maschine, die wie folgt funktionierte: Das Heu wurde aus dem Schwad mit einer sog. »Pick up« aufgesammelt und in eine vierkantige Röhre geleitet. In dieser arbeitete ein Schieber, welcher das Heu zusammen presste. Dahinter befanden sich zwei Bindevorrichtungen, welche um das stark zusammengepresste Heu zwei Bindfaden band. Am Ende kam dann ein sog. »Heuballen« heraus. Nun brauchte man das Heu nicht mehr in den sog. »Diemen« stapeln. Die Heuballen wurden nach dem Pressen zusammen gestellt, ähnlich wie die Getreidegarben in Hocken, damit sie nachtrocknen konnten. Zum Aufladen der Ballen wurde auch noch ein Gerät erfunden, nämlich der »Ballenwerfer«. Dies Gerät ist etwas schwer zu erklären. ES war eine etwa 3 Meter lange, eiserne Gabel, welche seitlich am Schlepper angebaut wurde und ähnlich einem Frontlader funktionierte. Beim Heueinfahren legte man nun die Ballen in einer Reihe hin und fuhr mit dem Schlepper die Reihe entlang. Sobald man einen Ballen auf der Gabel hatte, betätigte man einen Hebel und die Gabel schnellte mit einem Schwung in die Höhe und beförderte den Ballen auf den angehängten Heuwagen. Auf dem Fuder stand meistens meine Frau und stapelte die Ballen in Reih`´ und Glied auf dem Wagen. Wo früher ein starker Mann das lose Heu auf den Wagen »forkte«, warf nun der mechanische Ballenwerfer das Heu dorthin. Dieses Verfahren des Heubergens mit Presse und Ballenwerfer währte aber nur einige Jahre. Mit dem Aufkommen der Silage erübrigte sich dieses Verfahren.

Bald nach der Heuernte begann die Getreideernte. Der Roggen war zuerst reif. Nun wurde »spurgemäht« Das heißt, im Roggenfeld wurde mit der Sense eine zwei Meter breite Spur rund um das Feld gemäht, damit man mit den Pferden , die den Mähbinder zogen, hineinfahren konnte, ohne das Getreide zu beschädigen. Mein Vater mähte und wir banden die Garben. Als Band wurden einige Halme genommen und um die Garbe gebunden. Dies war auch eine Kunst für sich, denn man hatte ja kein Tau, (Band) dabei. Besonders unangenehm war es, wenn Diesteln im Korn waren. Dann zog man diese vorsichtig, mit zwei Fingern, zwischen den Halmen heraus, damit sie einem nicht in die Arme stachen. Vormittags wurde Spur gemäht und nachmittags »gebindert«, das heißt, das Korn wurde mit dem »Selbstbinder« abgemäht. Diese Maschine mähte und band zugleich das Korn in Garben. Erfunden wurde diese Maschine in den USA, in den 80er Jahren des 19ten Jahrhunderts. Entwickelt und eingeführt in Deutschland wurde der »Selbstbinder« in den 20 er Jahren, etwa 10 Jahre nach dem Grasmäher. Mein Vater kaufte , zusammen mit einem Nachbarn, den Selbstbinder 1936. Bis dahin wurde das Getreide, wir sagten immer »Korn«,mit dem Grasmäher gemäht und mit der Hand gebunden. Vor unserem Selbstbinder, der eine Schnittbreite von eineinhalb Meter hatte, waren 3 Pferde gespannt. Zwei Mann bedienten die Maschine. Einer kutschierte die Pferde, der andere stellte die Schnitthöhe ein und die Höhe der »Flügel«, die das Getreide erfassten und auf ein Laken warfen. Die Laken rotierten in Richtung der Bindevorrichtung, die selbsttätig ein Band um die Garbe legte, es war tatsächlich schon ein kleiner Roboter. Kein Wunder, denn diese Erfindung kam ja auch aus Amerika. Hinter dem rotierenden Laken war ein Trittbrett, auf dem man auch sitzen konnte.

Wenn gemäht wurde, durften wir als Kinder immer auf dem Trittbrett sitzen und mitfahren, das machte einen »Heidenspaß«, so sagten wir immer.

War das Feld abgemäht, »gebindert«, wurden die Garben, die in einer Reihe lagen, »aufgehockt«. Es wurden immer sechs Garben zu einer »Hocke« gegeneinander gestellt, mit den Ähren nach oben. So konnte das Regenwasser ablaufen und sie wurden schnell wieder trocken. Auch die Getreidehocken mussten, wie die Heudiemen, ein paar Tage draußen stehen, wegen der Gefahr der Selbstentzündung auf dem Kornboden. Sodann begann das Einfahren der Ernte, Fuder für Fuder. Das war eine große Sache, denn es war der Ertrag der Jahresarbeit. War die Ernte gut und das Korn trocken eingebracht, wurde ein fröhliches Erntefest gefeiert. Kein Berufsstand ist so abhängig vom Wetter wie der Bauer. Es muss ja nicht nur bei

Beim Korneinfahren

der Ernte mitspielen, sondern von der Saat im Herbst und Frühjahr kommt es darauf an, ob das Wetter mitspielt , damit eine reiche Ernte heranwachsen kann. Darum war der Beruf des Bauern auch immer umweht von dem Mythos, etwas Besonderes zu tun, weil er von der Natur abhängig war und für das tägliche Brot zu sorgen hatte. So wie es in einem Kirchenlied heißt: Es geht durch unsere Hände, kommt aber her von Gott. Dieser Mythos besteht heute nicht mehr in dem Maße in der Gesellschaft wie früher. Heutzutage ist das Image der Landwirtschaft in der Bevölkerung nicht mehr so hoch, obwohl der Bauer immer noch ebenso abhängig ist von der Gunst der Natur, und der Mensch von der Ernährung, die der Bauer der Natur abringt.

Eine Episode, die sich beim Korneinfahren in Klixbüll ereignete, will ich hier erzählen, weil sie so amüsant ist. Ein Bauer kam mit seinem pferdebespannten, vollen Kornwagen und wollte von der Hauptstraße in seine Hofeinfahrt einbiegen. Hinter dem Kornwagen fuhr ein Urlauber mit seinem Auto und hatte schon zum Überholen angesetzt. Es kam, wie es kommen musste , der Urlauber rammte den Wagen des Bauern und bekam erheblichen Blechschaden an seinem Auto. Natürlich hatte der Bauer nicht zum Einbiegen geblinkt, denn ein Pferdefuhrwerk konnte nicht abblinken. Es gab große Aufregung nach dem Unfall, denn der Urlauber wähnte sich im Recht und verlangte nach der Polizei. Bald waren mehrere Bauern am Unfallort und standen dem Bauern bei. Sie meinten, in der Erntezeit hätten die Kornwagen Vorfahrt und er hätte aufpassen müssen. Als er jedoch auf die Polizei bestand, beschimpften und bedrohten sie ihn arg. Die Polizei kam und nahm die Personalien auf, zuerst vom Urlauber. Auf die Frage nach Name und Beruf, antwortete der Urlauber: Hein ten Hoff, Beruf: Boxer. Da wurden die Bauern ganz kleinlaut, denn es stand der Weltmeister im Schwergewicht vor ihnen und man kann bald sagen, und sie fürchteten sich sehr . Diese amüsante Episode war noch lange Gesprächsstoff im Dorf.

Aber wir kehren zurück zur Ernte. War sie eingefahren, wurde der »Lohndrescher« bestellt. Nur ganz wenige Betriebe, hatten eine eigene »Dreschmaschine«, die meisten ließen Dreschen. Entweder es wurde aus dem »Diemen« gedroschen, oder aus der Scheune. Wir in Klixbüll hatten einen »Lohndrescher«, es waren die Gebrüder Martin und Jeß Jürgensen. Sie hatten eine große, leistungsstarke Dreschmaschine und zogen damit von Hof zu Hof. Als Zugmaschine und Antrieb hatten sie schon früh einen Trecker der Marke »Hanomag«. Ihr Trecker hatte eine sog. Riemenscheibe, mit der mittels eines Treibriemens auch der »Dreschkasten«, wie man landläufig sagte, angetrieben wurde. So war man auch noch unabhängig vom elektrischen Strom und konnte auch abseits des Hofes dreschen. Wenn der Drescher kam, wurde es »hilde« auf dem Hof, das heißt, es wurde etwas hektisch, denn es waren viele Vorbereitungen zu treffen. Zunächst musste man Helfer genug besorgen, denn es waren etwa 10 Mann, oder Frauen, nötig. Meistens half der Nachbar, oder ein Tagelöhner aus dem Dorf, von denen es mehrere gab. Dann wurde die große Maschine auf Holzbohlen gestellt, damit sie vollkommen in Waage stand. Dies war unbedingt nötig, damit die gedroschenen Körner den richtigen

Weg und gleichmäßig über die Siebe rollten. Auch für die Hausfrau und ihr Dienstmädchen war es anstrengend, denn es waren 10 Mann den ganzen Tag zu beköstigen. Derzeit war es üblich, dass alle auf »Kost« genommen wurden, heute holt man sich das fertige Essen in Pappschachteln beim Schlachter, der sowas anbietet.

Die Dreschmaschine wurde, wie auch der Grasmäher, in Amerika erfunden, und zwar auch Ende des 19ten Jahrhunderts. Erst nach dem ersten Weltkrieg, in den 20er Jahren, fand die Maschine Verbreitung in Deutschland. Mein Großvater hat noch mit dem »Dreschflegel« gedroschen. Das ging in der »Tenne«, in der Diele der Scheune vor sich. Die Garben wurden aufgeschnitten und auf dem Boden ausgebreitet. Zwei Mann schlugen dann im Takt mit dem Dreschflegel auf die Ähren ein. Das Gerät bestand aus zwei runden Holzstangen unterschiedlicher Länge und Stärke. Beide Stangen waren mit einem Lederriemen miteinander verbunden. An der dünnen Stange, ähnlich einem Besenstiel, fasste der Drescher an, um mit einem Schwung das dickere Ende auf die Ähren zu schlagen. Es war schwere, und vor allem staubige Arbeit, vor allem musste genau im Takt geschlagen werden, damit die Dreschflegel nicht gegeneinander prallten. Obwohl das Scheunentor offen stand, mussten sie ab und zu vor das Tor treten, um frische Luft zu atmen, so erzählte mein Opa. In der Hauptdreschzeit, in der Adventszeit, standen alle Scheunentore im Dorf offen, dann waren alle am Dreschen .Waren die Körner aus den Ähren geschlagen, wurde das Stroh entfernt und die Körner, samt der Spreu, zusammengefegt. Dann schaufelte man mit einer extra breiten Kornschaufel Körner und Spreu auf das

Sieb einer Staubkiste, genannt »Stövkist«. Vor dem Sieb befand sich ein Rad mit Flügeln, welches von einer Person mittels einer Kurbel kräftig gedreht wurde. Dadurch entstand ein Luftzug, der die Spreu vom Weizen trennte. Jeder kennt sicherlich den alten Spruch, »man muss die Spreu vom Weizen trennen«, also das Überflüssige vom Wichtigen. War der Weizen sauber, wurde er eingesackt, das heißt, in Säcke getan. Die »Stövkiste«, so erinnere ich mich, stand noch in meiner Kindheit auf unserem Hof. Wenn man heute darüber nachdenkt, was für Arbeit, Mühe und Zeit es gekostet hat, die Ernte zu bergen, kann man sich kaum vorstellen, dass die Menschen es zeitlich, aber auch körperlich geschafft haben. Mit der modernen Technik von heute wurde zwar die Arbeit in der Landwirtschaft enorm, ja unglaublich erleichtert, auch die Arbeitszeit enorm verkürzt. Aber, und nun kommt das aber. Durch den Kostendruck, den die Technik verursacht hat, und die Vergrößerung der Betriebe , die wiederum durch den Kostendruck entstand, ist eine Nervenanspannung, ja Hektik bei den Menschen eingetreten, die es früher nicht gab. Die Hast und Unrast unserer Zeit ist somit eine Folge des Fortschritts.

Der Lohndrescher hat in der Zeitspanne von Anfang der 20er Jahre bis in die 60er hinein überwiegend die Drescharbeit in den Dörfern erledigt. Am Ende der 50er Jahre kam dann mehr und mehr der Mähdrescher in Mode. Ich entsinne mich genau, als der Lohnunternehmer, Harro Nissen aus dem Gotteskoog, zu uns kam und anfragte, ob er bei uns mähdreschen könne, denn er hätte jetzt vor, einen Mähdrescher anzuschaffen, das war 1958. Zehn Jahre später, 1968, kaufte ich meinen eigenen Mähdrescher, einen Claas-Junior, Schnittbreite 1,80 Meter. Der wurde vom Schlepper gezogen und das Dreschwerk von der Zapfwelle angetrieben. Jeder Trecker besaß hinten, manchmal sogar hinten und vorne, eine sog. Zapfwelle. Diese Welle ragte ca. 15 cm aus dem Getriebeblock heraus und drehte sich mit dem Getriebe. An diesen »Zapfwellenstummel«, wie wir das Ende nannten, konnte man alle möglichen Geräte anschließen und so die Kraft des Schleppers auf die vom Schlepper gezogenen Maschinen übertragen. Mein gezogener Claas-Junior hatte damals 10 000 DM gekostet und funktionierte ähnlich wie ein Selbstbinder, nur mit zusätzlich einer Dreschtrommel und einem Körnersieb. Aber es war wieder ein großer Sprung in der Entwicklung der Bergung des Getreides. Ich fragte meinen Lehrer in der Landwirtschaftsschule in Niebüll, ab welcher Flächengröße sich ein eigener Mähdrescher für den Hof lohne. Er meinte, ab 20 ha könne es angehen. Ich hatte zwar nur 15 ha, aber ich riskierte es trotzdem. Wenn man das heute bedenkt, wie bescheiden der Fortschritt anfing, kann man es kaum glauben. Heute drischt ein Mähdrescher mit 9 Meter Schnittbreite, solche Maschinen sind im Einsatz, diese Fläche in drei Stunden, wofür man damals eine Woche brauchte. Anfangs legte man das Getreide vor dem Dreschen noch »auf Schwad«, das heißt, man mähte es mit einem »Schwadleger« ab. Man war nämlich der Meinung, das Getreide könne nicht bis zur Totreife am Halm bleiben, dann würde es vorher ausfallen. Nach drei bis vier Sonnentagen drusch man es dann mit dem Mähdrescher, dem ein sog. »Pik up« vorgeschaltet war. Das war eine Aufsammelvorrichtung, die das Schwad aufsammelte. Diese Erntemethode hielt sich nicht lange, da die Züchtung Fortschritte machte und das Getreide immer ausfallsicherer wurde.

Der gezogene Mähdrescher konnte natürlich nur Einzug halten, weil es vorher den Schlepper gab. Dieser war eigentlich die größte Umwälzung in der Landwirtschaft, die es je gegeben hat. Erst nach dem 2ten Weltkrieg setzte der Schlepper sich ganz allmählich durch. Viele Bauern waren zunächst skeptisch, weil sie befürchteten, dass die schwere Maschine den Ackerboden verdichten würde und damit die Erträge zurück gingen. Diese Befürchtung hat sich jedoch nicht bewahrheitet, denn der Bodendruck wurde durch breite Bereifung abgemildert. Die Ernteerträge sind seit der Einführung des Treckers ständig gestiegen, auch deshalb, weil durch die größere Zugkraft des Treckers, gegenüber dem Pferdezug, der Boden tiefer umgepflügt werden konnte und somit die obere Schicht, die sog. »Ackerkrume«, vergrößert wurde. Natürlich haben eine bessere Züchtung, bessere Düngung und ein chemischer Pflanzenschutz hauptsächlich zu höheren Erträgen geführt. Aber erst mit dem Schlepper wurde die Landwirtschaft revolutioniert. Auch die Landmaschinenindustrie nahm einen gewaltigen Aufschwung, denn alle Maschinen wurden auf Schlepperzug umgestellt. Das erste, was verschwand, war der Kastenwagen. Da er eisenbereift war, konnte man nicht schneller damit fahren als höchstens 10 Stundenkilometer. Der wurde ersetzt vom sog. Gummiwagen, einem gummibereiften Pritschenwagen mit einem Fassungsvermögen von zwei Tonnen. Die ersten »Gummiwagen« waren auch noch ohne Bremsen, meistens auch noch vom Dorfschmied gemacht. Die nächste Neuerung war der Dreischaarpflug, zunächst als Anhängepflug. Dieser wurde an der Ackerschiene angehängt und man konnte ihn vom Fahrersitz aus, mittels einer Hebevorrichtung, ein- und aussetzen. Mit so einem Anhängepflug habe ich 1952 noch in Angeln, auf meinem Lehrbetrieb, gepflügt. Erst in den 60er Jahren kam der sog. »Anbaupflug« in Mode. Dieser wurde an den beiden Unterlenkern und dem Oberlenker angebaut. Nun konnte man den Pflug mit der Hydraulik ein- und aussetzen, aber immer noch als »Beetpflug«. Das Pflügen mit dem Beetpflug bedeutete, dass man immer zwei Pflugfurchen hatte, man konnte nicht in derselben Furche hin- und zurück pflügen. Am Schluss blieb in der Mitte des Ackers eine doppelte Furche übrig. Erst mit dem »Drehpflug«, der unten und oben Pflugschaare hat und sich um die eigene Achse drehen konnte, kann man in derselben Furche auf- und abfahren und hat somit nur eine Furche am Ackerrand. Dies alles ist natürlich nur möglich, seit es die Hydraulik , auch Kraftheber genannt, am Schlepper gibt. Auf dem Bauernhof von heute gibt es kaum noch Anhängegeräte, die nicht hydraulisch betätigt werden. Dabei wurde die erste Hydraulik später noch verbessert durch die sog. »Regelhydraulik«. Das heißt, wenn der Schleppermotor an Drehzahl verliert, schaltet sich die Regelhydraulik automatisch ein und hebt den Pflug an. Ebenso trifft man fast keinen Gummiwagen, heute Anhänger genannt, der nicht eine hydraulische Kippvorrichtung hat, meistens auch noch nach drei Seiten zu kippen. Auch haben sich die Größen der Maschinen und Geräte von gestern zu heute unglaublich verändert. Aus dem 20-PS Schlepper der 50er Jahre ist der 200 PS-

Schlepper von heute geworden. Dementsprechend ist aus dem Pflug mit 2 Schaaren der mit 8 Schaaren und aus dem 2 Tonnen Anhänger der 10 Tonner geworden, usw. Allerdings gibt es jetzt ein Problem, und zwar ein Großes. Das ist das Wegeproblem. Die Wirtschaftswege wurden in den 50er Jahren im »Programm Nord« alle erneuert, und zwar auf 3 Meter Breite und auf 5 Tonnen Belastung. Die heute gebräuchlichen Schlepper haben eine Spurbreite von 2,75 Meter und nehmen damit die ganze Straßenbreite ein. Die Gemeinde, welche für die sog. Wirtschaftswege zuständig ist, hat auf den Wegen schon Ausweichstellen geschaffen. Aber das ist auch nur ein Notbehelf und keine Lösung.

Soviel zur Getreideernte von vorgestern, gestern und heute. Nun zur Hackfruchternte zurück. Früher hatte jeder Bauer Vieh und Schweine und somit auch Rüben und Kartoffeln. Die Kartoffeln wurden im September ge-

Bei der Kartoffelernte

erntet, die Rüben im Oktober. Wir, zum Beispiel, hatten 1 Hektar Futterrüben und einen halben Hektar Kartoffeln. Bis in die 50er Jahre wurden die Kartoffeln mit der Hand geerntet.

Vormittags wurden die Stauden »aufgegraben«, so nannte man das. Über die Mittagsstunde trockneten sie ab und so fiel der Sand dann beim Sammeln am Nachmittag ab. Dabei half wieder die ganze Familie, außer der Hausfrau, sie sorgte für das Essen. Auch Schulkinder kamen zum Helfen, denn im September hatten die Kinder Herbstferien, die sog. »Kartoffelferien«. Der »Knecht« stellte für je 2 Sammler einen Korb hin. War der voll, entleerte er ihn im Kastenwagen, welcher parat stand. Um halb vier Uhr kam das Schönste am Kartoffelsammeln, das gemeinsame Kaffeetrinken am Feldrand. Da konnte sich der Rücken von der Arbeit erholen und man hatte seinen »Schnack«. Man erzählte sich von den vielen Mäusenestern, die man dabei gefunden hatte. All das gibt es heute nicht mehr. Das Kartoffelsammeln macht heute die Maschine, der »Vollernter«, den ein einzelner Mann bedient. Der Mensch ist heute isoliert, er arbeitet allein, auch eine Folge der modernen Technik.

Nach dem Ernten wurden die Kartoffeln auf der Scheunendiele ausgebreitet, damit sie ganz trocken wurden. Dann kam die Sortiermaschine zum Einsatz. Während die Früchte langsam über ein Sieb rollten, wurden die kleinen und ganz großen Knollen abgesammelt, die restlichen wurden als Speisekartoffeln verkauft oder für den Eigenverbrauch behalten. Unsere Kunden waren meistens Geschäftsleute aus Niebüll, die keine eigene Ernte hatten. Die Früchte wurden dann frei Haus geliefert. Im Dorf hatte damals jeder Kartoffeln im Garten. Die aussortierten Knollen haben wir dann gekocht und an die Schweine und Hühner verfüttert, denn diese Tiere vertragen keine rohen Kartoffeln. In den 50er Jahren wurde bei der Klixbüller Meierei eine Kartoffeldämpfanlage aufgebaut, hier konnte man seine Kartoffeln auf dem Wagen mit Dampf garen lassen. Diese Anlage wurde schon zu Kriegszeiten geplant, konnte jedoch wegen Materialmangel nicht verwirklicht werden. Während des Krieges verbot die Naziregierung das Verfüttern von Getreide an die Schweine, sodass die Bauern ihre Tiere mit Kartoffeln mästen mussten, daher kam der Plan einer Dämpfanlage. Das Verbot wurde deshalb erlassen, weil zur Erzeugung von 1 kg. Schweinefleisch ca. 4 kg. Getreide vonnöten waren, während man von 4 kg. Getreide 3 Brote herstellen konnte. Getreide an die Schweine zu verfüttern sei Verschwendung, meinten die Nazis. Diese Mastmethode währte jedoch nur wenige Jahre nach dem Kriege, dann wurde wieder mit Getreide gemästet, allein schon wegen der Arbeitsersparnis. (Kartoffel dämpfen, einmieten, zur Futterzeit aus der Miete holen, usw.) Heute mästet der Schweinemäster die Tiere mit fertig gelieferter Schrotmischung, diese gelangt über eine automatische Fütterungsanlage im Stall in die Futtertröge.

Die Kartoffel hatte früher eine regelrechte nationale Bedeutung für das Volk. Von der Kartoffelernte hing die Sicherung der Ernährung ab. Im 17ten Jahrhundert gab es in Preußen mehrere Hungersnöte, eben weil es die Kartoffel noch nicht gab. Erst als Friedrich der Große, er lebte von 1712 bis 1786, die Kartoffel aus Amerika einführte, waren die Hungersnöte in Preußen besiegt. Fortan gab es keine Hungersnöte mehr, denn er konnte seine Landsleute mit der Kartoffel satt machen. Die großen Auswanderungswellen, welche im 16. und 17. Jahrhundert immer wieder stattfanden, waren auf Grund von Hungersnöten entstanden Da Schleswig-Holstein aber damals nicht zu Preußen gehörte, wurde die Kartoffel hier durch die Hugenotten, die aus Frankreich kamen, eingeführt. Auch die Kolonisten, die aus der Gegend um Heidelberg nach Schleswig-Holstein kamen, brachten den Kartoffelanbau hierher. Ein weiterer Beweis, das diese Frucht als staatstragend angesehen wurde, war die staatlich angeordnete Kartoffelkäferbekämpfung. Ganze Schulklassen wurden aufgerufen, die Schädlinge von den Blättern der Kartoffel abzusammeln, um eine Missernte abzuwenden. Ich entsinne mich, dass ich während des Krieges als Schüler an so einer Aktion teilnahm, es gab damals noch keine Bekämpfungsmittel gegen solche Schädlinge. Heute sind Pflanzenschädlinge keine Gefahr mehr für die Ernte, dem Bauern sind die Mittel heute in die Hand gegeben. Allerdings muss der Landwirt, der eine Feldspritze benutzt, einen Befähigungsnachweis erbringen, bevor er sie einsetzt. Dafür muss er einen Lehrgang absolvieren, bei dem Wirkungsweise, Dosierung und Anwendung gelehrt werden. Es handelt sich immerhin um Mittel, welche bei falscher Anwendung eine Gefahr für die menschliche Ernährung darstellen. Auch muss die Feldspritze jedes Jahr dem TÜV, aus Sicherheitsgründen, vorgestellt werden.

Heute werden die Kartoffeln nicht mehr mit der Hand angefasst, weder beim Pflanzen, noch bei der Ernte. Die vollautomatische Pflanzmaschine legt die Kartoffel im richtigen Abstand in die Erde und der Vorratsroder erntet sie ebenfalls ohne Handarbeit. Vom Feld bringt der Kartoffelbauer die Früchte in sein Kartoffellager, welches extra klimatisiert ist. Nur das Abwiegen und Einsacken ist noch Handarbeit. Da diese Maschinen zum Pflanzen und Ernten aber viel Geld kosten, und ein Vorratslager mit Klimaanlage auch, müssen schon große Flächen angebaut werden, um rentabel wirtschaften zu können. Und so gibt es heute nur noch wenige Betriebe, die sich auf den Anbau spezialisiert haben. Diese beliefern dann auch die Großmärkte und Kaufläden und nicht mehr den Privatkunden, jedenfalls nicht mehr in erster Linie, wie früher.

Nach der Kartoffelernte begann im Oktober die Rübenernte.

Es gibt zwei Sorten von Futterrüben, Steckrüben, oder auch Kohlrüben genannt, und Runkelrüben. Außerdem gibt es noch die Zuckerrübe, aus der Zucker hergestellt wird. Die Steckrübe ist fleischig und fest und hat einen geringen Wassergehalt. Sie wird auch als Gemüse im Haushalt verwendet. Die Runkelrübe dagegen hat einen höheren Wassergehalt und dient nur als Viehfutter. Als Kinder haben wir oft ein Stück von der Steckrübe aus dem Rübenhaufen zum Essen mitgenommen.

Die Ernte ging folgendermaßen vor sich: Man zog die Rübe mit der Hand an den Blättern aus der Erde, und zwar zugleich mit jeder Hand eine. Dann schlug man sie ein paarmal gegeneinander, damit die Erde abfiel, und legte sie in einer Reihe ab. Auf diese Weise schafften zwei Mann eine Fläche von einem halben Hektar am Tag aufzuziehen. Es war schwere Arbeit und man hatte es abends ganz schön »im Rücken«. Im Oktober 1958 hatten mein Schwager, Hans Johannsen, und ich beim »Rübenauf-

Beim Rübenziehen

ziehen« ein ganz besonderes Erlebnis. An diesem Tag stiegen die ersten Flugzeuge vom neu eröffneten Flugplatz in Leck auf in den Himmel. Es waren Fiat, mit der Bezeichnung »G 91«, ein italienisches Fabrikat. Wir standen da und staunten, denn sie flogen in geringer Höhe über unsere Köpfe. Das Ende der Startbahn war auch nur Luftlinie 2 km von uns entfernt. Das war der Anfang des Betriebes des Nato- Flugplatzes Leck. Zehn Jahre zuvor war der Platz, der von der deutschen Nazi- Wehrmacht gebaut war, von den Engländern gesprengt worden. Täglich sah man damals die Rauchsäulen wie Pilze über dem Platz stehen, nun war er wieder neu und größer aufgebaut worden. So geht es manchmal mit Vater Staat : Rein in die Kartoffeln, raus aus die Kartoffeln. Ich füge dieses Erlebnis ein, obwohl es nicht zu meinem Thema gehört, aber vielleicht doch zeitgeschichtlich interessant ist.

Aber zurück zur Rübenernte. Nachdem die Rüben gezogen in Reihen lagen, wurde damit begonnen, mit dem Spaten das Blatt von der Rübe zu trennen, man sagte »Blattspitten« dazu. Die Blätter der Runkelrübe waren wertvolles Futter und wurden zu Silage gemacht, während die der Steckrübe untergepflügt wurden. Hatte man die Blätter geerntet, diese wurden in einer flachen Erdgrube mit den Füßen eingestampft, begann man mit dem »Rübeneinfahren«. Mit zwei Mann, einer von jeder Seite, wurden die Knollen auf die Forke gespiest und auf den Wagen geworfen. Zu Hause, an der vorbereiteten Rübenmiete, wurden sie wieder abgeladen und zwar mit der Hand. Meistens waren wir Kinder, meine Freunde und ich, dafür zuständig. Abends gab es dann für jeden 3 Mark, das war so der Satz. Die Rübenmiete lag auf der

Erde, gleich hinter dem Stall. Lag das Feld, nach ein paar Tagen »Rübenfahren« in der Miete, wurde diese mit Stroh und Erde frostsicher abgedeckt. Unsere Miete war meistens 25 Meter lang und ca. 2 Meter hoch. Sie durfte auch nicht weit vom Stall entfernt sein, weil die Rüben im Winter mit der Schiebkarre in den Stall befördert wurden. Wenn man bedenkt, dass die Rübe etwa fünf Mal durch die Hand des Bauern ging, bevor sie im Futtertrog landete, weiß man, welche Arbeitsleistung die Menschen früher vollbracht haben.

In der Landwirtschaft von heute findet man so gut wie keine Futterrüben mehr, sie wurden vom Mais verdrängt. Nur die Zuckerrübe wird noch in einigen Regionen angebaut, für eine Zuckerfabrik in Niedersachsen. In Schleswig-Holstein gibt es keine Zuckerfabrik mehr. Die wenigen Hektare, die noch in Angeln angebaut werden, werden nach Niedersachsen verfrachtet. Das Gleiche gilt übrigens für das Heu, es wurde durch die Grassilage ersetzt. Nur die Pferdehalter, die ihre Pferde für den Reitsport halten, bergen noch etwas Heu. Und so bleiben der Strohboden, wie der Heuboden auf dem Bauernhof von heute leer. Die modernen Viehställe haben auch keine Böden mehr, es sind Hallen, die meistens zur einen Seite hin offen sind. Die Futtervorräte lagern heute draußen im Silo. Aber auch die Vielfalt der Tierwelt auf den Feldern ist zurück gegangen, das bestätigt jeder Jäger. Man sieht nur noch selten ein Rebhuhn, man hört keine Lerche mehr trillern, keinen Kiebitz mehr rufen. Die moderne Technik hat Gott sei Dank die schwere Handarbeit erübrigt, aber sie hat leider die Vielfalt der Tierwelt stark eingeschränkt. Die Vogelarten, die ihre Jungen als sog. »Bodenbrüter« auf der Wiese großziehen, bekommen dafür nicht mehr genügend Zeit, denn die Wiese, besser gesagt das Grasland, wird heutzutage dreimal wenn nicht gar viermal gemäht. Früher mähte man einmal und danach wurde die Wiese als sog. Nachweide genutzt.

Mit der Rübenernte war die letzte Feldfrucht eingebracht und man bereitete sich langsam auf den Winter vor.So wie es in dem Lied, »Im Märzen der Bauer« heißt – »im Winter da gibt es manch fröhlichen Schmaus.« Also wurde nach dem ersten Frost das erste Schwein geschlachtet. Die meisten Bauern schlachteten zwei Schweine im Jahr, eines im Spätherbst und eines im Frühjahr. Aber auch Mitglieder anderer Berufe im Dorf hielten sich ein Schlachtschwein. In jedem Dorf gab es einen Hausschlachter, in manchen Dörfern auch zwei, so auch in Klixbüll. Unser Hausschlachter hieß August Engelhard. Dieser ging dann im Winter von Hof zu Hof, denn es gab genug zu tun. Im Sommer ging er einer anderen Tätigkeit nach, meistens einer Handwerklichen. Unser Hausschlachter , zum Beispiel, gerbte im Sommer Tierfelle und verkaufte diese. Schlachtete er mal ein Rind, nahm er als Schlachtlohn das Fell dafür. Diese Tradition , zwei Berufe ausüben zu können, gab es im Dorf des Öfteren.

Der Schlachttag war etwas Besonderes, etwas Aufregendes. Alles musste gut vorbereitet sein. Der große Waschkessel, in dem auch die Wäsche gekocht wurde, wurde schon um 5 Uhr morgens angemacht. Der Wasserbottich eine große Wanne aus Holz, vorbereitet, eine Leiter zurecht gestellt, usw. Um 7 Uhr kam der Schlachter. Betäubt wurde das Schwein mit einem Bolzenschuss vor die

Stirn, danach fiel es um. Dann schnitt der Schlachter die Kehle durch, sodass das Blut lief. Die Bäuerin stand schon mit einer Schüssel bereit, in der das Blut aufgefangen wurde. Daraus wurde später die Blutwurst gemacht. War das Schwein ausgeblutet, wurde es in den großen Holzbottich gelegt, der mit kochendem Wasser gefüllt war. Dazu waren drei Mann nötig, denn das Schwein wog mindestens 300 Pfund. Im heißen Wasser wurde es dann mehrmals gewendet, damit die Borsten locker wurden. Sodann legte man eine Leiter über den Bottich und hob das Tier mit aller Kraft auf die Leiter, weshalb auch immer drei Mann beim Schlachten zugegen waren. Nun begann das Abschaben der Borsten, dafür hatte der Schlachter, der immer das Kommando hatte, einige spezielle »Schaber« mitgebracht. Sobald das Tier »sauber« war, das heißt, keine Borsten mehr dran waren, wurde es an den Hinterbeinen an der Leiter aufgehängt. Dann begann der Schlachter mit dem Ausschlachten. Die Eingeweide wurden entnommen, die essbaren Organe, wie Herz, Leber, Magen wurden sauber herausgetrennt. Der Schweinekörper hing jetzt ausgebreitet und leer auf der Leiter. Damit war die Arbeit des Schlachters zunächst beendet. Am Nachmittag kam dann der Fleischbeschauer. Er hieß Martin Ingwersen und hatte einen kleinen Hof in unserer Nachbarschaft. Er machte diese Arbeit ehrenamtlich im Auftrage des Kreisgesundheitsamtes. In jeder größeren Gemeinde gab es den »Fleischbeschauer«, in Klixbüll gab es einen zweiten, das war Heinrich Lander. Er entnahm zwei Fleischproben aus dem Schlachtkörper und untersuchte sie an Ort und Stelle. Dafür benutzte er ein Mikroskop. Besonders achtete er auf Keime, genannt

»Trichinen«. War das Fleisch keimfrei, stellte er die Bescheinigung aus: Zum Verzehr geeignet. Herr Ingwersen hatte somit eine verantwortungsvolle Aufgabe, die er sehr genau wahrnahm.

Am frühen Abend kam dann der Hausschlachter zurück, um den Schlachtkörper zu zerlegen. Er zerteilte ihn auf der Leiter in zwei gleiche Teile und trug die Hälften auf der Schulter in die Küche. Immerhin wog jede Hälfte mindestens 50 kg, er musste also stark sein. Auf dem großen Küchentisch wurden die Hälften dann nach den Wünschen der Hausfrau zerteilt. Am Abend endete der Schlachttag, nach dem gemeinsamen Abendessen, mit dem obligatorischen »Schlachterpunsch« für alle, die daran beteiligt waren. Auch der »Fleischbeschauer« und der hilfsbereite Nachbar waren dabei. Das Abendessen wurde in der Wohnstube serviert, denn der Küchentisch war mit Fleisch besetzt. Bei meiner Mutter gab es immer die Leberplinsen, das waren Frikadellen aus frischer Leber mit Speck, Zwiebeln und vielen Gewürzen, eine Delikatesse.

Der Schweinebestand auf unserem Hof bestand aus drei Ferkelsauen und um die zehn Mastschweine. Die allermeisten Bauern hielten einige Sauen und mästeten einige Schweine. Eine Sau ferkelt zweimal im Jahr, jedes Mal etwa 10 Ferkel, sodass man pro Sau mit 20 Ferkeln rechnen konnte, wenn alles glückte. Man sagte nicht »klappte«, sondern bei lebendem Inventar muss es einfach »glücken«. Wenn eine Sau ferkeln sollte, war äußerste Wachsamkeit angesagt. Mein Vater, oder der Knecht, haben oft nachts bei einer Sau gewacht. Dann wurden ein paar Bund Stroh ausgebreitet, darauf schlief derjenige dann. Wenn man nämlich nicht aufpasste, stand die Sau nach der Geburt auf, um das Neugeborene abzulecken. Kam dann das nächste Ferkel, warf sie sich einfach wieder hin und oft auf das gerade Geborene. Da die Zwischenzeit der Geburten manchmal lange dauerte, schlief der Aufpasser dabei ein und schon war es zu spät. Dann hieß es, leider wurden zwei totgelegt, obwohl ich gut aufgepasst habe. Aber meistens ging es gut, sodass wir über die Jahre auf 17 bis 20 Ferkel pro Sau kamen. Die Ferkel, welche nicht auf dem Hof gemästet wurden, brachte man zum Lecker Viehmarkt, der jede Woche stattfand. Es waren dort viele Ferkelboxen vorbereitet, die man mieten konnte. Eine Episode vom Ferkelmarkt will ich hier berichten.: Ich stand als Jungbauer mit meinen Ferkeln bei meiner Box. Da kam ein Händler und fragte mich nach meinem Preis. Ich verlangte 40 Mark je Stück. Er darauf, du bist viel zu teuer, du bleibst auf deinen Ferkeln sitzen und er ging weiter. Er kannte mich und wusste, dass ich Anfänger war und hoffte wahrscheinlich, dass ich doch bald mit dem Preis runter gehen würde. Nach einer guten Stunde kam er zurück, es war bald Mittagszeit. Wieder fragte er: »Was verlangst du nun?« Ich darauf: »Wie vorhin, 40 Mark.« Darauf sagte er, indem er mir seine Hand hinhielt: »Komm, schlag ein, ich nehme sie, denn sie sind liegas billig.« Mit liegas meinte er: »gleichwohl«. Er hatte meine Standhaftigkeit unterschätzt, wollte es aber nicht zugeben. Zu der Zeit galt ein »Handschlag«, damit war jeder Kauf rechtsgültig, egal wie hoch die Summe war, der »Handschlag« war Ehrensache. Auf dem Lecker Markt wurden reihenweise Ochsen gehandelt, mit »Handschlag«. Ich habe nie davon gehört, dass ein Handel per »Handschlag« nicht eingehalten wurde.

Eine besondere Zeit war die Kriegszeit von 1939 bis '45 und die damit verbundene Zwangswirtschaft der Nationalsozialisten. Jeder Bauer durfte nur ein Schwein im Jahr schlachten, alle anderen mussten abgeliefert werden. Es gab die Viehzählung, die vierteljährlich durchgeführt wurde. Dazu kam eine Kommission von der Behörde auf den Hof. Aber die Bauern waren nicht so dumm, nicht umsonst spricht man gerne von der »Bauernschläue«. Sie hatten nämlich eines gut versteckt hinter dem Strohstapel in der Scheune, oder irgendwo, wo man kein Schwein vermutete. Dieses wurde dann bei Nacht und Nebel »schwarzgeschlachtet«, die Bauern halfen sich gegenseitig dabei. Jeder hatte Verwandte und gute Freunde in der Stadt, die waren froh und dankbar für eine extra Wurst, ein Stück Schinken oder andere Lebensmittel. Die Zeiten waren schlecht und Lebensmittel gab es nur auf den sog. »Lebensmittelkarten«. Natürlich ist es auch vorgekommen, dass einer angezeigt wurde und wegen »Schwarzschlachtung« gesessen hat. Aber dies war selten, die Dörfler hielten zusammen und die Hilfsbereitschaft war groß.

Ab Mitte November wurde dann das Vieh in den Stall geholt, man sagte »Aufstallen« dazu. Auf den Weiden wurde das Gras knapp und die Nächte waren im November schon kalt. Damit begann nun die tägliche Stallarbeit. Morgens um 6 Uhr und abends um halb fünf war Beginn der Arbeit, da gab es ganz selten Ausnahmen. Die tägliche Vorbereitung dafür bestand aus Rübenschneiden, Heuschütteln und Wasserpumpen, zunächst mit der Handpumpe. Später, ab etwa 1930, kam die elektrische Wasserpumpe auf. Das war eine große Arbeitserleichterung.

Der Vorratsbehälter für das Wasser, auch »Nost« genannt, stand im Stall. Der Wasserbrunnen für Mensch und Tier befand sich vor dem Haus, im Garten. Vom »Nost« wurde das Wasser über Rohre in die Futtertröge geleitet, und zwar stets vor dem Füttern. So bekamen die Tiere nur zwei Mal am Tag satt zu Trinken. Heute sind im Stall überall »Selbsttränken« angebaut, sodass das Vieh jederzeit trinken kann. In dieser Hinsicht ist die Haltung artgerechter als früher und das sog. »Tierwohl«, welches heute verlangt wird, ist in dieser Hinsicht erfüllt.

Die alten Viehställe, also vor 1900 erbaut, hatten alle keinen »Futtergang« vor dem Vieh. Der »Futtertrog« war an der Stallwand angebracht, also musste »von hinten« gefüttert werden. Dies bedeutete, dass der Bauer, der Futtermeister, mit dem Futterkorb zwischen zwei Tieren durchgehen musste, um an den Trog zu gelangen. Das war mühsam und Zeitaufwändig. Da Tiere aber intelligenter sind als mancher denkt, machten sie meistens freiwillig Platz.

Erst zum Anfang des 20. Jahrhunderts wurden die Ställe mit einem »Futtergang« vor den Tieren gebaut, eine einschneidende Wende in der Bautechnik. Als mein Vater 1914 seinen neuen Stall baute, mit »Futtergang«, musste er weit fahren, um einen solchen Stall zu besichtigen, so selten gab es sie. Der »Futtergang« wurde in der Regel in einer Breite von 1,50 m angelegt, damit man mit der Schiebkarre füttern konnte, anstatt den Korb tragen zu müssen.

Heute ist auch diese Bauweise überholt und Vergangenheit. Aus dem Futtergang ist der »Futtertisch« geworden und 4 m breit. Anstatt mit der »Schiebkarre« fährt man mit dem Traktor mit angehängtem Futterwagen den Futtertisch entlang. Der Futterwagen hat ein Förderband, dieses verteilt das Futter vor den Tieren. Auch der Futtertrog ist Vergangenheit. Regelrechte Handarbeit kommt dabei nicht mehr vor. Auf diese Weise kann eine Person einen Stall mit 300 Tieren füttern, während früher diese Person in der gleichen Zeit mit Mühe 30 Tiere füttern konnte. Nur so lässt sich auch die Möglichkeit zu übertrieben großen Einheiten erklären, was wiederum dem Image der Landwirte schadet. (Massentierhaltung)

Der alte Stall ohne Futtergang machte das Füttern der Tiere, wie gesagt, mühsam. Aber das Tränken wurde ganz einfach gelöst. Man band die Tiere einfach los und ließ sie frei zur Tränke laufen. War der Durst gelöscht, liefen sie freiwillig zu ihrem Platz im Stall zurück. Zuerst hat der Bauer sie noch gelockt, indem er Futter ins Trog tat, während sie tranken. Bei unseren Pferden habe ich das selbst erlebt. In unserem Stall standen die Pferde am Ende des Stalles. Eines nach dem anderen wurde losgemacht und es trabte die Stalldiele entlang zur Tränke, auch »Nost« genannt. Kam es nicht gleich nach dem Trinken zurück, sondern trödelte, klapperte mein Vater mit dem Futterkorb und dann kam es sofort. Man glaubt es kaum, dass Tiere so intelligent sind, aber es war so. Bei meinem Schwager in Ostholstein, Bruno Niebuhr, war die Tränke ein Teich am Ende des Hofplatzes. Dort trabten die Pferde aus dem Stall über den Hof zum Teich und zurück. Keines kam auf die Idee, auszubrechen, unglaublich, aber wahr. Im Winter wurde eine Stelle am Rande des Teiches eisfrei gehalten, damit die Tiere trinken konnten.

Eine besonders zeitaufwendige Angelegenheit war es

stets, wenn ein weibliches Tier befruchtet werden sollte. Ob es sich um ein Pferd, eine Stute also, eine Kuh oder eine Sau handelte, es war früher nur eine natürliche Befruchtung möglich. Erst nach dem zweiten Weltkrieg wurde die künstliche Befruchtung der Tiere eingeführt. Als Schüler kann ich mich noch gut erinnern, dass man die Kuh zum Bullen gezogen hat. Einer hatte sie am Halfter, der andere ging hinterher und »jagte auf«, wie es immer hieß. In jedem Dorf gab es einige Bauernhöfe, bei denen der Zuchtverband einen gekörten Bullen stationiert hatte. Ein gekörter Bulle war ein Tier, das der Zuchtverband als vererbungswürdig anerkannt hatte. War man auf dem Bullenhof angekommen, wurde der Bulle zur Kuh geführt. Aus Sicherheitsgründen wurde der Bulle am sog. »Nasenring« geführt, damit er die Menschen nicht angreifen konnte. Wenn die Befruchtung, der Deckakt wie man es nannte, vollzogen war, spazierte man wieder mit der Kuh nach Hause. Es kostete also jedesmal viel Zeit, wenn eine Kuh befruchtet werden sollte. Das Gleiche galt für die Pferde wie für die Schweine, man musste die weiblichen Tiere zum männlichen Vererber hinführen, und zwar »zu Fuss«. Viehtransporter mit dem Wagen gab es erst seit den 50er Jahren. Heute ruft der Bauer bei der zuständigen Besamungsstation an und meldet ein oder mehrere Tiere zur Besamung an. Was früher manchmal mehrere Stunden dauerte, ist heute mit einem Telefonanruf getan. Nun könnte man meinen, der Bauer hätte heute viel mehr Zeit als früher, da doch mit Hilfe der Technik alles viel schneller geht. Dem ist aber nicht so, denn wo früher 10 Mann gearbeitet haben, da arbeitet heute einer, höchstens zwei.

Von der natürlichen Besamung einer Sau gibt es in Klixbüll eine köstliche Geschichte, welche mir mein Freund, Niß-Heinrich Johannsen erzählt hat. Sein Vater, August Johannsen, hielt einige Ferkelsauen. Nachdem er die Ferkel von der Sau abgenommen hatte, kam sie auf die Schweineweide. Am nächsten Morgen war die Sau verschwunden. Sein Vater suchte die Umgebung ab, fand sie aber nicht. Gegen Mittag kam der Bauer Andreas Jürgensen, der eine Eberstation auf seinem Hof hatte, und fragte August Johannsen, ob ihm eine Sau fehle, denn ihm sei eine zugelaufen. Da hatte die Sau tatsächlich den Weg zum Eberhof alleine gefunden, auf dem sie vor einem halben Jahr gedeckt worden war, obwohl die Höfe etwa 700 Meter voneinander entfernt sind und an der Hauptstraße liegen. Diese Liebesgeschichte unter Schweinen ist tatsächlich passiert.

Nun zurück zur Stallarbeit.

Das »Ausmisten« des Stalles war eine der schwersten Arbeiten. Allein schon wegen der Konstruktion der Mistkarre. Diese war ganz aus Holz gebaut, natürlich beim Stellmacher im Dorf. Das Rad war aus Eisen und ganz vorne, vor der Karre angebracht. Daher lag die ganze Last der Ladung auf den Armen. Diese schwere Karre voller Mist wurde draußen auf dem Misthaufen umgekippt. Da der Haufen allmählich immer höher wurde, wurden Bretter darauf gelegt, diese nannte man »Mistbretter«. Es war nicht nur eine Kraftanstrengung, sondern auch noch eine Kunst, die schwere Karre auf dem schmalen Brett bergan zu schieben, ohne vorher die Kräfte oder das Gleichgewicht zu verlieren. Einmal stand mein Freund, Erhard Freitag, auf seinem Hof und sah, wie sein Nachbar die

Mistkarre auf dem Mistbrett hinauf schob. Er wollte ihn grüßen und rief: »Moin Moin!« Der Nachbar blickte darauf zur Seite und verlor die Balance, und fiel mitsamt der Karre vom hohen Haufen in die Tiefe. Über diese Geschichte haben wir mehr als einmal gelacht, der Nachbar auch, aber er fiel ja weich.

Eine große Errungenschaft trat ein, als die Mistkarre ein Gummirad bekam. Das war bald nach dem zweiten Weltkrieg. Auch die Konstruktion der Karre änderte sich. Das Gummirad war nicht mehr vor , sondern unter der Karre angebracht. So lag nur die halbe Last auf den Armen des Ausmisters. Auch war sie nicht mehr vom Stellmacher, aus Holz gemacht, sondern von der Fabrik und aus Kunststoff hergestellt. So verloren auch der Stellmacher und der Dorfschmied nach und nach ihre Aufträge, eben weil immer mehr Gerätschaften in der Landwirtschaft von der Fabrik kamen.

Die nächste Veränderung beim Ausmisten ließ nicht lange auf sich warten, das war die mechanische Entmistung. Zwei Arten wurden angeboten, entweder die Seilzug- oder die Schubstangenentmistung. Wir schafften Mitte der 70er Jahre eine Seilzugvorrichtung an. Diese funktionierte wie folgt : Eine Seilwinde wurde von einem Elektromotor angetrieben, beides stand draußen am Ende des Misthaufens. An einem langen Seil, welches von der Seilwinde über den Misthaufen bis zum Ende des Stalles reichte, war ein Schild, oder Schlitten, angebracht. Beim Ausmisten zog man nun den Schlitten mit dem Seil in den Stall, bis zum Anfang der Mistrinne. Am Seil war ein Griff angebracht. Zog man nun ruckartig an diesem Griff, klinkte sich die Seilwinde beim laufenden Elektromotor ein und der Schlitten setzte sich in Bewegung und schob den Mist auf der Stalldiele vor sich her. Auf dem Misthaufen angekommen, betätigte man einen Hebel, welcher am Schlitten angebracht war. Dadurch wurde das Seil locker und die Seilwinde klinkte sich wieder beim Motor aus. Es war eigentlich ein ganz einfacher Mechanismus, der aber ausgezeichnet funktionierte. Nun war die Mistkarre passe‘ und die schwere körperliche Arbeit entfiel. Auf dem Bauernhof von heute hat man weder die Mistkarre noch die Seilzug- Entmistung in Betrieb, heute gibt es den sog. Spaltenboden über dem Gülle –Kanal. Die Gülle, ein Gemisch aus Jauche und Kot, wird mittels einer Güllepumpe aus dem Güllekanal in einen großen Güllebehälter gepumpt. Eine Handarbeit ist dabei so gut wie nicht mehr nötig. Und so sieht man heute auch keinen Misthaufen mehr hinter dem Stall, denn Rinder und Schweine »stehen auf Spalten« wie man es ausdrückt. Nur die Pferde nicht, sie werden noch heute auf Stroh gehalten. Man kann aber nicht sagen, dass es Rindern und Schweinen auf den Spalten heute schlechter geht als früher auf Stroh. Die Einstreu war im Laufe des Tages bald nach hinten weggescharrt, und so lagerten sie auch auf dem Zementfußboden. Die heutigen Zementspalten erwärmen sich schnell durch die Körperwärme der Tiere, sodass sie auch nicht kalt liegen. Wäre es nicht so, würden die Tiere bald krank sein und kein Gewicht zunehmen, dies ist aber nicht der Fall. Auch können die Rinder sich nun frei in den Boxen bewegen, während sie früher ein halbes Jahr auf dem Stand angebunden waren. Somit entspricht der Boxenlaufstall mehr dem Tierwohl als der frühere Anbindestall.

Das gleiche galt für die Melkmaschine. Diese Erfindung hat ebenfalls die Landwirtschaft revolutioniert und kam bald nach Kriegsende. Wir führten sie schon 1955 ein. Aber zuvor mussten wir unseren Rinderbestand von der Tuberkulose-Krankheit befreien. Die Rindertuberkulose war Anfang der Fünfziger Jahre in Deutschland ausgebrochen. Die Behörden schlugen Alarm und verlangten die Ausmerzung der kranken Tiere wegen der Gefährdung der Verbraucher. Die Milch musste vor dem Verzehr abgekocht werden. Diese Ausmerzung hat den Bauern damals viel Geld gekostet Viele Betriebe unterteilten ihren Kuhstall, um die gesunden Tiere von den Kranken trennen zu können

Aber nun zurück zur Anschaffung der Melkmaschine. Es war eine »Westfalia«, eine sog. »Eimermelkanlage«. Ebenfalls vom Elektromotor betrieben, welcher über Rohrleitungen und Gummischläuche ein Vakuum im Melkeimer erzeugte. Auf dem mit einem Gummiring abgedichteten Eimerdeckel saß ein sog. »Pulsator«, welcher mit den Zitzenbechern über Gummischläuche verbunden war. Dieser Pulsator machte die Bewegung nach, welche die menschliche Hand beim Melken macht, nämlich einmal zudrücken, dann wieder aufmachen. Beim Zudrücken fließt die Milch aus der vollen Zitze in den Eimer, beim Aufmachen fließt die Milch wieder nach in die Zitze. Eigentlich eine tolle Erfindung und großartige Ingenieurleistung, dem menschlichen Handmelken nachgemacht. Alles wurde betätigt von einer Vakuum-Pumpe. Nun konnte eine Person, ob Mann oder Frau, ohne Kraftanstrengung zwei Kühe zur gleichen Zeit melken, er brauchte sie nur zu beobachten. Diese Erfindung war aber auch der

Anfang der sog. »Milchschwemme«. Die Arbeitserleichterung war die eine Seite, die andere Seite war die Möglichkeit, ein vielfaches der bisherigen Anzahl der Kühe melken zu können, das verleitete zum Vergrößern des Bestandes. Dann kam neuerdings noch der sog. »Melkroboter« hinzu. Nun braucht der Bauer nicht einmal mehr dabei sein, wenn die Kühe gemolken werden, denn sie gehen zum Roboter, wenn sie Druck im Euter verspüren. Die Maschine spült das Euter mit warmem Wasser ab und setzt die Zitzenbecher automatisch an die Zitzen an. Sobald keine Milch mehr fließt, werden die Becher ebenso automatisch abgenommen. So ein Melkroboter kann aber nur bis zu 60 Kühe bedienen und ist sehr teuer, darum ist er noch nicht weit verbreitet. Ein anderes Problem beim Roboter ist die Beobachtung der Kuh, die beim Melken nebenher passierte. Ein altes Sprichwort lautet: »Das Auge des Herrn mästet das Vieh«. Das soll heißen, das Aufpassen auf die Gesundheit des Tieres ist enorm wichtig, davon hängt oft der Erfolg ab. Beim Melkroboter hat man das Tier nicht mehr zweimal am Tag vor Augen, das ist ebenfalls ein Nachteil. Aber wie dem auch sei, der Fortschritt lässt sich nicht aufhalten, auch wenn er Nachteile mit sich bringt.

Nun aber zurück zum Bauernhof von vorgestern, als das Pferd noch die einzige Zugkraft des Hofes war. Die Pferde bekamen dreimal am Tag ihr Futter, nicht wie das Rindvieh, nur zweimal. Die Pferde wurden sowieso verwöhnt, weil sie das Beste auf dem Hof waren, jeder Bauer war stolz auf sein Pferdegespann. Täglich wurden sie »gestriegelt«, das heißt, sie wurden gebürstet. Das Futter bestand vor allem aus »Häcksel«, aus klein geschnittenen

Hafergarben. Das sog. »Häckselschneiden« war eine wöchentlich wiederkehrende Arbeit auf dem Hof. Die sog. »Häckselmaschine« wurde von einem Elektromotor angetrieben. Die vollen Hafergarben wurden in eine Walze gesteckt. Hinter der Walze drehte sich ein Eisenrad mit zwei Messern, diese schnitten die Garben in kleine Stücke, das war der sog. Häcksel. Unsere Pferde bekamen dreimal am Tag je zwei »Futter«, damit war der Häcksel gemeint, eine Futterrübe und eine Armvoll Heu. Im Sommer waren sie auf der Weide und ernährten sich nur von Gras. Auch in der obligatorischen Mittagsstunde, die bei den Bauern früher immer streng eingehalten wurde, kamen die Pferde »zu Felde«, wie wir sagten. Wir Kinder ritten dann gerne mit den Pferden zur »Pferdefenne«, ein Heidenspaß. Die Mittagsstunde wurde auch benötigt, denn der Arbeitstag dauerte von 6 Uhr morgens bis 18 Uhr abends, also 12 Stunden. Die Mittagsstunde war die Stunde nach dem Mittagessen, also war von 12 Uhr bis halb Zwei Uhr Pause, auch für die Pferde.

Heute ist der Arbeitsablauf auf dem Bauernhof ganz anders. Mit dem Einsatz der großen Maschinen, wie Mähdrescher oder Feldhäcksler, kann man sich nicht mehr erlauben, eine Mittagsstunde zu machen, denn eine Arbeitsstunde der Maschinen kostet bis zu 80 Euro. Ebenso ist um 18 Uhr kein Feierabend, sie laufen durch, bis das Getreide oder das Gras taufeucht wird, manchmal geht es bis Mitternacht. Dies ist natürlich nur möglich, weil die Maschinen eine Beleuchtung haben, nicht nur nach vorne, sondern rundherum. Das hatte das Pferdegespann nicht. So wird der Mensch von der Technik getrieben, oder er lässt sich treiben. Dafür fängt der Arbeitstag auch nicht um 6 Uhr morgens an, zumindest nicht, wenn keine Kühe zu melken sind, sondern erst um 10. Der Bauer und seine Mitarbeiter müssen ja schließlich auch ihren Schlaf haben. Den bekommen sie auch, aber er ist nicht mehr so ruhig und entspannt wie zur normalen Schlafenszeit. Und so entsteht die Hektik und Unrast unserer heutigen Zeit, das ist der Tribut an die moderne Technik, an den Fortschritt. Den Begriff »Burnout« kannte man früher nicht, den gab es nicht, zumindest nicht in der Landwirtschaft.

In neuester Zeit ist bei dem Bauernhof von heute ein neuer Produktionszweig entstanden, nämlich die Erzeugung von erneuerbarer Energie. Die Strom – und Wärmeerzeugung spielt mittlerweile schon eine große Rolle beim Einkommen des Bauern. Da der deutsche Staat beschlossen hat, sich von der Stromerzeugung durch Atom, Kohle und Öl zu trennen, wird die neue Energie staatlich gefördert, zumindest noch. Bekanntlich ist der Bauer Eigentümer dessen, was wir Heimat nennen; das Land. Felder, Weiden und Wiesen sind in Bauernhand. Auf diesem Land wird nun die neue Energie erzeugt, die Windenergie, die Solarenergie und das Biogas. Die Windenergie kam zuerst. Schon 1991 plante die Gemeinde Klixbüll einen Bürgerwindpark. Das Ziel war, möglichst viele Dorfbewohner am neuen Windpark teilhaben zu lassen, denn das Landschaftsbild, das alle täglich vor Augen haben, wird durch die hohen Anlagen beeinträchtigt. Wenn man jedoch durch die Gesellschaft Miteigentümer wird und auch noch einen finanziellen Vorteil bekommt, ist man eher bereit, die Windräder zu akzeptieren. In der Gemeinde Klixbüll stand es jedem frei, sich mit einem Anteil an der Gesellschaft zu beteiligen. Da der Wind kostenlos weht, ist es sinnvoll, diese gewaltige Kraft, sprich Energie, zu nutzen. Dieser Gedanke ist nicht neu. Seit Jahrhunderten gab es Windmühlen auf dem flachen Land, diese haben das Getreide gemahlen. Die Menschen wussten also schon immer, die Kraft des Windes zu nutzen. Auch in Klixbüll gab es zwei Windmühlen, sie standen am »Mühlenweg«, der Weg wurde nach den Mühlen so benannt. Die letzte wurde nach dem zweiten Weltkrieg abgebaut, denn der Elektromotor hatte sie verdrängt. Nun ist die Windmühle wieder da, um den Elektromotor zum Laufen zu bringen, welch eine bemerkenswerte Entwicklung.

Heute gibt es an Schleswig- Holsteins Westküste fast in jedem Dorf so einen »Bürgerwindpark«. Die Windenergie bringt den Bürgern, damit auch den Bauern, beachtliche Einnahmen und somit auch den Kommunen, denn die Energiegesellschaften zahlen Gewerbesteuern an die Gemeinden. Da die Windmühlen auf Bauernland stehen, ist diese Form der Energieproduktion nur mit der Landwirtschaft denkbar und darum gehört sie ,so denke ich ,zum Bauernhof von heute.

Eine andere erneuerbare Energie ist die Solarenergie. Diese wird nur zum geringen Teil auf landwirtschaftlichen Flächen erzeugt. Jeder Hausbesitzer hat die Möglichkeit, auf seinem Hausdach solche Solarelemente, sprich spezielle Glasplatten, zu installieren. Auch dieser Strom, der durch die Sonnenstrahlen gewonnen wird, wird, wie der Windstrom, ins öffentliche Stromnetz eingespeist. Unser Staat hat die Stromnetzbetreiber verpflichtet, zu einem festgelegten Preis diese Energie aufzunehmen. Allerdings spielt diese Energieart, im Gesamtaufkommen der Erneuerbaren, eine untergeordnete Rolle, da die Sonne hier nicht so häufig scheint wie in Italien, zum Beispiel. Dennoch profitieren viele Hauseigentümer und Landwirte auch von dieser Produktion.

Eine bedeutendere Rolle spielt die Biogaserzeugung, zumindest in Schleswig-Holstein. Auch diese Energieform ist neu. Es begann damit, dass man die natürliche Gasentwicklung in großen Gülle-Behältern nutzte, um mit dem aufgefangenen und kanalisierten Gas Motoren anzutreiben. Früher, bevor die Gülle erfunden wurde, war dies nicht möglich, da Stallmist und Jauche getrennt in kleinen Behältern und Misthaufen gelagert wurden. Dann stellte man fest, dass, wenn man zerkleinerte und noch grüne Pflanzen in die Gülle dazutat, eine viel stärkere Gasentwicklung eintrat. So entstand durch die Zutat von Pflanzen, das Biogas. In der Bevölkerung, ob jung oder alt, findet diese Form der Energieerzeugung wenig Akzeptanz. Man kann nicht verstehen, dass man guten Gewissens Nahrungsmittel, wie Mais oder gar Getreide, buchstäblich »in die Gülle werfen« kann. Es ist so, als wenn man die »Perlen vor die Säue wirft«. Erst recht kann man es nicht verstehen, wenn abends über dem Bildschirm die Bilder von verhungerten Kindern gezeigt werden. Aber, und nun kommt das Aber, die eingesetzte Biomasse, auch nachwachsende Rohstoffe genannt, (Nawaro), sind ja nicht weg, sie werden einem jährlichen Kreislauf entnommen und als Gärrest, (Düngemittel), wieder zugefügt. Unser Staat will weg von der Stromerzeugung mit Kohle und Erdöl. Diese fossilen Brennstoffe erzeugen das klimaschädliche CO_2, welches den Klimawandel, der die Erde bedroht, erzeugt. Mehr noch, diese fossilen Brennstoffe sind endlich, also bald nicht mehr da und unser Leben ist heute ohne elektrischen Strom nicht mehr denkbar. Also kann man sagen, es ist ein Teufelskreis.

Wenn man aber genauer hinsieht, ist Biogas, in vertretbarem Rahmen angewandt, doch vertretbar. Man muss die Fakten kennen. Fakt ist, und ist offiziell festgestellt, dass von einem Hektar Biomasse, folgendes zu erreichen ist : Sie erspart, nach Abzug der bei der Herstellung der Bio- Masse erzeugten CO_2 Werte, 13 Tonnen CO_2 im Jahr. Mit dem von einem Hektar erzeugten Erntegut kann man 5 Haushalte mit Strom und gleichzeitig 2,5 Haushalte mit Wärme ein Jahr lang versorgen. Bei der Stromerzeugung fällt als Nebenprodukt die Wärme an. In Schleswig- Holstein werden etwa 15 % Prozent der landwirtschaftlichen Nutzfläche für die Biogaserzeugung genutzt. Dabei ist er beim Mais am höchsten, nämlich 50 %, jedoch beim Getreide-GPS liegt er unter 5 %, und dies ist, nach meiner Ansicht, gerade noch vertretbar. Außerdem muss man bedenken, dass früher die Arbeitspferde auch Futterflächen verbraucht haben, die der menschlichen Ernährung verloren gingen. Auf einem 30-ha-Hof, wurden 3 Arbeitspferde benötigt, wobei pro Pferd 1,5 ha Futterfläche gebraucht wurden. Diese machten ebenfalls 10 - 15% der Nutzfläche aus.

Natürlich ist die Anzahl der Biogas- Anlagen von Region zu Region unterschiedlich, so gibt es an der Westküste Schleswig- Holsteins mehr Anlagen als an der Ostküste.

Beim einem Vergleich der erneuerbaren Energien untereinander ist folgendes zu beachten: Die Windenergie- wie die Solarenergie sind nicht ständig verfügbar. Der Wind weht nicht immer und die Sonne scheint auch nicht immer. Die Bioenergie ist jedoch durchgehend verfügbar, bei Tag und Nacht, auch bei Windstille. Und man kann die Energie speichern, in riesigen Tanks, die auf jeder Anlage zur Verfügung stehen. Dies ist ein großer Vorteil, sie ist, wie man es nennt, grundlastfähig. Ein großes Problem ist, zumindest in Schleswig-Holstein, dass bei günstigem Wind der von Windrädern erzeugte Strom nicht vollständig abgenommen werden kann. Es mangelt an leistungsfähigen Stromtrassen, sodass die Windräder abgeschaltet werden müssen, obwohl der Wind weht. Hier ist die Entwicklung nicht sinnvoll, das heißt nicht Hand in Hand gegangen, um nicht zu sagen, hier hat die Planung total versagt. Bevor man von behördlicher Seite die Genehmigung zum Bau von Anlagen gab, und bevor man die Einspeisevergütung zugesagt hat, hätte man die dazu erforderlichen Stromtrassen bauen müssen, und nicht umgekehrt. Nun wartet man sehnlichst auf den Bau der Stromtrassen. Aber das Fatale kommt noch. Der nicht abgenommene, das heißt, nicht eingespeiste Strom muss bezahlt werden, eben weil auf Grund der Genehmigung des Anlagenbaues und der Garantie der Vergütung, die Investition getätigt wurde. Das Unverständnis des Bürgers, der den nicht verbrauchten Strom bezahlen muss, zumindest teilweise bezahlen muss, ist vollkommen verständlich.

Also hat der Bauernhof von heute ein neues Standbein bekommen, ein Standbein, das sich lohnt, denn er erlöst um ein Drittel mehr, als wenn er sein Getreide drischt, nämlich die Erzeugung von Energie. Aber, wie gesagt, dieses Standbein ist von Region zu Region verschieden stark ausgeprägt.

Am Ende meiner Betrachtungen über die Entwicklung der Bauernhöfe in der Zeit von ungefähr 100 Jahren bis heute stelle ich fest, dass sich ein so tiefgreifender Wandel vollzogen hat, wie nie zuvor in den vergangenen Jahrhunderten. Damit hat sich auch das Zusammenleben in den Dörfern gewandelt, denn die Dörfer wurden von der Landwirtschaft stark geprägt. Bei einer Vorstellung einer Landgemeinde im Fernsehen fragte der Reporter im Dorfkrug die Gäste, was sich im Dorf besonders auffällig verändert hätte. Darauf sagten die Leute: »De Burn sind verschwunn«, das soll heißen: » die Bauern sind verschwunden«. Diese Aussage hat mir sehr zu denken gegeben, eben, weil sie zum Teil wahr ist. Es sind zwar nicht alle verschwunden, jedoch etwa 80 % von ihnen. Darum sind die Bauernhöfe, die heute noch übrig sind , fünf mal so groß wie vor hundert Jahren. Aber dennoch sind sie in Bauernhand geblieben, es sind immer noch bäuerliche Familienbetriebe, bei denen bäuerliche Tugenden, wie Bindung zum Boden, stetes Beobachten des Wetters und der Jahreszeiten, das Trachten nach Erhaltung des Hofes zur Weitergabe an die nächste Generation, hoch gehalten werden. Immer noch steht die Familie im Mittelpunkt und nicht irgend ein anonymes Firmengeflecht, das nur die Gewinnmaximierung im Fokus hat. Immer noch ist der Bauer stolz auf seine Selbstständigkeit und Unabhängigkeit, auch wenn es manchmal schwer wird, in der grenzenlosen, unkontrollierten Marktwirtschaft durchzuhalten, so nach dem Motto : Der Freiheit Kampf, einmal begonnen, wird immer, wenn auch schwer, gewonnen.

Dies ist die Entwicklung bis heute. Aber wenn wir in die Zukunft schauen, dann müssen wir uns fragen, wird es den Bauernhof morgen auch noch so geben ? Die Technik wird weiter fortschreiten, die Schlepper, Mähdrescher und Feldhäcksler werden noch größer und leistungsstärker werden und ohne Fahrer das Feld bearbeiten können, weil sie vom Satelliten aus dem All gesteuert werden. Die Pflicht alles zu dokumentieren wird weiter zunehmen . Wahrscheinlich werden sich mehrere Familienbetriebe zusammen tun, um ein gemeinsames Büro zu unterhalten, um den Papierkrieg zu bewältigen.. Aber das wird nicht entscheidend sein.

Heute hat der Bauernhof in Schleswig- Holstein eine Durchschnittsgröße von ca. 90 ha. Er hält etwa 80 Milchkühe, oder 300 Mastrinder oder 3000 Mastschweine. Für die Bundesrepublik gilt in etwa die halbe Größe. Das kommt daher, dass in den südlichen Bundesländern, Bayern, Baden- Würtemberg und Hessen die Betriebsgrößen wesentlich kleiner sind als in Schleswig- Holstein. Die Landbewirtschaftung ist in Deutschland immer noch in bäuerlicher Hand. Ob es in Zukunft so bleiben wird hängt im wesentlichen davon ab, ob die Politik bereit und willens ist, den bäuerlichen Familienbetrieb, was immer auch darunter zu verstehen ist, zu schützen. Die Definition »Familienbetrieb« hängt nicht von der Größe ab, sondern davon, ob der Hof noch im Alleineigentum der Bauernfamilie ist, auch wenn er mehrere Angestellte hat. Aber wenn die Entwicklung in der sog. Freien Marktwirtschaft so weiter geht wie bisher, wird der Familienbetrieb keine Chance haben, zu überleben. Dann werden die Preise weiterhin niedrig bleiben und der Wachstumswahn wird weiter gehen. Dann werden die Betriebsgrößen weiter zunehmen und in Agrarkonzernen enden. Die Politik beschwört zwar immer die Wichtigkeit der Erhaltung des Familienbetriebes, er ist das Rückgrat des ländlichen Raumes, Bewahrer dörflicher Tradition, Pfleger der Kulturlandschaft, usw. Aber sie tun wenig bis gar nichts zur Erhaltung und zum Schutz der bäuerlichen Landwirtschaft. Der Fraktionsvorsitzende der Grünen im Deutschen Bundestag, Anton Hofreiter, sagte unlängst folgendes: »Wir brauchen keine Kuhherden von 1.000 Kühen, keine Schweineställe für 10.000 Schweine, keine Massentierhaltung. Wir brauchen den bäuerlichen Familienbetrieb in großer Zahl.« Ende des Zitats. Wenn man so etwas hört, dann fragt man sich doch, aber warum werden solche Riesenställe dann genehmigt? Man fragt sich weiter, warum wird eine Mengenbegrenzung, zum Beispiel bei der Milch, von der Politik strikt abgelehnt, wenn man doch gegen Mammutbetriebe ist? Ich sage: viele Bauernhöfe, kleine, mittlere und große gleichmäßig übers Land verteilt, sind ein Segen. Diese alle zusammengefasst zu wenigen riesengroßen Agrarkonzernen sind eine Unglück für die Natur und »stinken« zum Himmel ... Nach meiner Ansicht, sie mag ja falsch sein, war die Abschaffung der Milchquote der größte Fehler der Politik, seit langem. Seitdem ist der Milchpreis ins Bodenlose gefallen, weil die Produktion danach stark angestiegen ist. Nun kann man argumentieren, also ist der Preisverfall hausgemacht und die Bauern sind selber Schuld. Ja, sind sie auch. Aber eine alte Weisheit besagt, dass der Mensch eine Führung braucht, das sagte schon der Altbundeskanzler, Helmut Schmidt. Eine grenzenlose Freiheit ist eine falsch verstandene Freiheit, sie führt ins Chaos. Ebenso formulierte es sehr schön ein Dichter namens Friedrich- Wilhelm

Weber, als er schrieb : »Freiheit ist der Zweck des Zwanges, sowie man eine Rebe bindet, damit sie, statt im Staub zu kriechen, frei sich in die Lüfte windet« Um nicht im Chaos zu versinken, braucht der Mensch Gesetze, die ihm die Grenzen setzen. Darum gibt es die Geschwindigkeitsbegrenzung auf den Straßen, die Baugesetze, das Fahrverbot für LKW an Wochenenden, und ... und. Die Gründe, die Freiheit zu erhalten und Grenzen zu setzen sind die gleichen, denn es geht bei beiden darum, das Wohl des Menschen zu mehren und um nichts Anderes .Man könnte auch so argumentieren, wie es der Landwirtschaftsminister, Dr. Robert Habeck getan hat, als er schrieb: »Freiheit, Gerechtigkeit und Glück brauchen Schutzengel.« Und ich füge hinzu: Gegen den Kapitalismus, und das ist die Begrenzung. Darum bin ich der Meinung, dass, wenn die Politik,- die Führung,- nichts tut, um den bäuerlichen Familienbetrieb zu schützen, wird er eines Tages weitgehend verschwunden sein. Dann werden unsere Nahrungsmittel von Agrarkonzernen produziert, in denen der Bauer nur noch als Manager zu tun hat. Aber soweit sind wir noch nicht, noch habe ich Hoffnung, dass es nicht soweit kommt. Die Politik sucht gegenwärtig nach Wegen, eine ökologische Landwirtschaft zu fördern. Das Tierwohl steht dabei im Mittelpunkt. Zum Beispiel sollen die Kühe wieder Weidegang bekommen, es sollen weniger Mastschweine in den Boxen gehalten werden und eine »Kuschelecke« mit Stroh bekommen, die Legehennen sollen freilaufen, usw. Alle diese Maßnahmen, die auf einem Großbetrieb nicht möglich sind, werden stärker gefördert werden und kommen den Familienbetrieben zugute. Und noch eine Hoffnung habe ich. Der Bauer ist eine

Kämpfernatur. Er hat schon immer mit der Natur zu kämpfen gehabt, so schnell gibt er nicht auf. Ich sage es mit Dietrich Bonnhöfer: »Erwarten wir getrost was kommen mag ...«

Ende.

Bildnachweise

Dank des Verfassers.

Herzlich danken möchte ich folgenden Personen, die mir sehr bei der Entstehung dieses Werkes geholfen haben:

Herrn Albert Panten, Niebüll, für das Korrekturlesen und für die zahlreichen Hilfen und Hinweisen auf die Historie des Bauernhofes.

Herrn Wilfried Petersen, Klixbüll, für das Aussuchen und Einfügen der Fotos in den Bericht.

Herrn Peter-Lorenz Hartwigsen, Niebüll, für die Informationen über die Torfgewinnung auf den Moorflächen der Schleswigschen Geest.